科幻文学馆
Science Fiction Museum

喵豆与叶子

顾备·著

科幻立方
文库本

天津出版传媒集团
百花文艺出版社

图书在版编目（CIP）数据

喵豆与叶子 / 顾备著. -- 天津 : 百花文艺出版社, 2022.2
ISBN 978-7-5306-8178-7

Ⅰ. ①喵… Ⅱ. ①顾… Ⅲ. ①幻想小说-中国-当代 Ⅳ. ①I247.5

中国版本图书馆 CIP 数据核字(2022)第 014602 号

喵豆与叶子
MIAODOU YU YEZI
顾备 著

出 版 人：薛印胜
选题策划：成 全　　责任编辑：孙 艳
装帧设计：丁莘苡　　营销专员：王立宸
出版发行：百花文艺出版社
地址：天津市和平区西康路 35 号　邮编：300051
电话传真：+86-22-23332651（发行部）
+86-22-23332656（总编室）
+86-22-23332478（邮购部）
网址：http://www.baihuawenyi.com
印刷：天津光之彩印刷有限公司
开本：710×1000 毫米　1/32
字数：75 千字
印张：7.625
版次：2022 年 2 月第 1 版
印次：2022 年 2 月第 1 次印刷
定价：32.00元

如有印装质量问题，请与天津光之彩印刷有限公司联系调换
地址：天津市宝坻区潮阳工业园管委会路东 1 号
电话：(022)29644996
邮编：381015

作者简介

顾备

顾备，科幻翻译兼作者、中国科普作家协会理事、中国科教电影电视协会理事、上海浦东新区科幻协会创始人兼会长。译有《沙丘》《进入盛夏之门》《基地与帝国》《少数派报告》《超验机》等，原创作品《觉醒》获得华语科幻星云奖短篇小说银奖，并入围第十八届百花文学奖·科幻文学奖。

目录

01

喵豆

无尽的黑暗，如同被埋在地下很深很深的地方，没有丝毫光亮，也听不到半点声音，连呼吸声都没有。这里感觉不到时光的流逝，仿佛是被冻结在照片里，只不过照片拍的就是一团漆黑。突然，黑暗之中响起一段对话，打破了已经不知道持续了多久的沉寂。

“人为什么非得要朋友不可啊？”

“猫为什么非得要主人不可啊？”

“因为本喵是宠物猫！宠物当然要主人啦！”

"不对，你是机器猫，机器猫不需要主人，机器猫是朋友！"

"哎呀，喵，是宠物机器猫啦，首先是宠物，懂不懂？"

"我们做朋友好不好？"

喵豆从黑暗中醒来，面前是一双清澈的黑色双眸，盯着它，很认真地看。跟温暖而热络的小乙不同，那眼神虽然清亮，却不带一丝情绪，没有好奇，没有惊讶，没有厌恶，也没有欢喜。喵豆仿佛从一个很长很长的梦中醒来，还没弄明白到底发生了什么，自己这是在哪。它隐约觉得，自己应该是有主人的，而它的主人肯定不是眼前这位。等等，小乙是谁？为什么会记得这个名字？难道小乙就是主人？它低下头，想要回忆过去，却空荡荡的什么也记不起来。记忆似乎是被删除了，只剩下那段没头没尾的对话。

一只瘦削的小手径直朝它伸过来，看样子是想抓住它。喵豆立刻后退一步，依惯例正襟危坐，面带迷之微笑，招财猫似的挥挥手，配上宏伟的《命运交响曲》，嘴里说道："人类你好，本喵是独立自主高大英武炯炯有神人见人爱花见花开的侠客喵，很高兴认识你。"

对方愣了一下，扑哧笑场，原本不带情绪的眼神立刻充满了戏谑。那人毫不理会它的彬彬有礼，抄起一把晾衣服的叉子，准确无比地卡住它的脖子，啪的一下把它牢牢按在地上，然后干净利落地抓住了它的后脖颈。

喵了个去，那是强制抓取区域。宠物机器猫一旦被抓住后脖颈，就只能温顺地蜷作一团，扮演温良无害的小可爱，少不得还会不由自主地卖萌撒娇，发出嗲嗲的喵音。这太羞耻了！作为一只独立自主高大英武炯炯有神人见人爱花见花开的侠客喵，怎么能……对方的右手抓着它的后脖颈，左手一抖，把叉子变成棍子又缩成圆筒收回袖筒，继而半蹲在地，把它按在膝头，开始麻利地挠它的下巴。

不要！不要！太羞耻了！喵豆不顾一切地拼命挣扎，最终发出一声弱弱的颤音“咪呜”。它浑身颤抖，心跳加速（心跳？不对，这是设定，系统设定），体温升高，然后“呜哩呜哩”地从喉咙深处冒出一连串叠音，简直跟发情一样。屁的，跟个来历不明的小屁孩发什么情嘛?！喵豆在羞耻中想要愤怒，结果还是趴到了地上，甚至忍不住抬高了下巴，暗示对方多挠几下。对方依旧沉默着，冷着一张脸，右手却放开了它的后脖颈，准确地抚在它两耳之间，随后极富技巧地顺着它的身体一路撸下去。冰凉的手轻轻拂过它的背脊，一直捋到它的尾部，然后又转回来，再次抚上喵豆两耳之间。

喵豆忍不住眯起眼睛，呼噜着，昂起头。羞耻心？羞耻心能抵过被撸的高潮吗？爽完了再跑呗，急啥？

喵豆侧过头，看了一眼半蹲在眼前的这个人，十几岁年纪，穿着看不出性别的圆领衫和短裤，头发也是看不出性别的黑色短发，清秀的脸庞上沾了好些灰，还带着两道淡淡的划痕，不知道是被什么伤到了，细长的眉毛弯成一条柳叶，拢着那双不带任何情绪的眼睛，衬着抿成一条线的嘴唇，看上去有点……怪。那个时候，喵豆还说不上是哪里怪，只觉得那种平静跟这孩子的年纪不符，别的也没仔细想。它倒是留意到，那孩子鬓角淌下的汗正顺着颈侧一路滚下去，而那脖颈是如此纤细，又因为低头而优美地弯着，如同美丽的天鹅。

喵豆正享受着高颜值和被抚摸齐头并进的快乐，突然听见一声嗤笑。“快来看，小哑巴找到宝了！”那个声音阴沉而狠毒，带着一种蔑视，喵豆本能地站了起来，瞬间进入预警模式。只不过，它快，摸它的那只手更快，就在它站起的同时，那只手拎着它的后脖颈，匆匆把它塞进了一个黑乎乎的包里。从触觉上感知，这应该是个书包。然后，一双手臂紧紧地抱住了喵豆，隔着那个帆布包。

“这地方是你能来的吗？”另一个声音懒懒地从右边传过来。

“哑巴，赶紧的，把东西交出来，我跟东哥说一声，磕个头就让你走。”第三个声音听上去低沉而粗鲁，有点不耐烦。

环着喵豆的手臂收得更紧了。

“别啊，那多没意思，来陪爷玩会儿，看这次这小子能撑几分钟。”第一个阴沉的声音已经来到面前，听上去距离不超过 5 米。

“东哥，跟这小子有啥玩头？一不小心打死了才麻烦。”那个粗鲁的声音也已经围了上来。

“哎，瘸子，你该不是看上这小子了吧？这么护着。”之前慵懒的声音此刻尖锐起来，堵在右边，距离喵豆不超过 3 米。

喵豆感觉抱着自己的那个身体僵了片刻，接着一点一点开始后退，却仍然不发一言。

“小哑巴，手里拿的什么？给爷看下，要是可以，拿两根肋骨换也行啊。”那阴沉的声音已经在头顶了。喵豆怀疑小哑巴被他们逼到了角落。

“赶紧拿出来！”粗鲁的声音在左边响起，急促中带着厌烦。

“小子，你以为你划伤了东哥，这次还能全身而退？”右边的声音越发刺耳，“咱东哥一向怜香惜玉，没舍得把你给剐了，不如你以身相许？”他说着，高声笑起来，笑声如同粉笔划过玻璃。

“一个人玩怪没意思的，一起上吧。”东哥也跟着怪声怪气地笑起来。

喵豆感觉小哑巴顿了一下，猛地向左冲了出去，然后是一声闷吭，倒在地上。不知道谁一脚狠狠地踢在喵豆身上，那力道可是它从来未曾遭遇过的，它不禁发出一声悲号，听上去格外凄惨。（等等，这不符合我高大英武举世无双的设定啊，喵豆觉得这一段描述必须得删。）随即，它拼命从书包里挣脱出来，一溜烟蹿出去十米远，找了个顺眼的桩子一路爬上去，然后立在桩子上看热闹。小哑巴？原来，那人是个哑巴，怪不得不说话。喵豆咂咂嘴，开始打量周围的环境。

很显然，这是一个废旧物资回收站，各种废弃的物资堆积成山。主城里无法被生化分解或有毒的废弃物，都会被运到这里来，通过自动分拣,送去分别处理;一些有利用价值的废弃物会被彻底粉碎,然后做成建筑材料,再送回主城。喵豆身下这根桩子就是废弃的建筑材料,看样子是根水泥柱子,上面还雕着花,它就是踩着花纹爬上来的,真要是一根光溜溜的水泥柱,它也爬不上来。

喵豆突然想到自己,该不会也是被当成废品给扔出来了?不然为什么一醒过来就在这破地方?喵了个去!它可是一只……等等,姿势没摆好。喵豆立刻正襟危坐,面带迷之微笑,招财猫似的挥挥手,配上宏伟的《命运交响曲》,嘴里说道:"本喵可是独立自主高大英武炯炯有神人见人爱花见花开的侠客喵!哪个不长眼的居然把本喵给扔了?"它跟普通的宠物机器猫可不一样!它身上的毛发自带太阳能充电功能,无论走到哪里都能通过中微子通信连上卫星直接上网,啥啥都在行。它可是小乙实验室自建立以来最伟大的创新……等等，又是小乙，小乙究竟是谁？

喵豆怔怔地呆立了半晌，好在没人往它这边看，也没人腾出手来抓它，它白白摆了半天的姿势，人家都忙着呢。稍稍走了个神，场上已经从攻击进入僵持阶段。小哑巴背靠着墙，左手一抖，袖筒里溜出一个圆筒，小哑巴一把抓住圆筒再一抖，圆筒变棍子，棍子顶部又伸出两只角，变成了叉子。小哑巴举起叉子，虎视眈眈地盯着面前的三个对手。那三个人，一个是脸上有刀疤的油腻胖子，一个是傻大笨粗的黑大个，还有一个细高挑的长发妹子……哦，是女装大佬。

“哟，今天收成还不错嘛，那可是城里人才用得起的宠物机器猫，能卖不少钱呢。”阴沉的声音属于那个不男不女的家伙，他嘴角噙着笑，眼中却满是狠辣。

“少废话，东西交出来，你就可以走了，今天你大爷我心情还不错。”胖子就是东哥，说话做事都透着一股子不耐烦，一边说话一边抖着脚。

“东哥，那猫跑了，看样子还没认主，不然是不会离开主人的。”瘸子朝喵豆这边望了过来，喵豆本能地龇了一下牙。

东哥斜眼看着喵豆，嘬了嘬牙花子，一抬手：“那还废什么话？直接抓了走人！瘸子，靓妹，你俩去抓那猫，哑巴是我的，想跑？没那么容易！”

名叫“靓妹”的女装大佬露出一脸心领神会的表情，麻利地朝喵豆这边冲过来。瘸子却犹豫了一下，回头瞅了瞅小哑巴，这才迈开步子跟在靓妹身后。

喵豆舔了舔爪子，心想，愚蠢的人类，也不看看自己什么智商，就想抓住我吗？虽然规定宠物机器猫不得伤害人类，但腾挪躲闪可是喵最擅长的,不就是左蹦蹦,右跳跳,上蹿蹿,下钻钻嘛!于是,喵豆依惯例正襟危坐,面带迷之微笑,招财猫似的挥挥手,配上宏伟的《命运交响曲》,嘴里念叨着:“很高兴接受你们的挑战,本喵可是独立自主高大英武炯炯有神人见人爱花见花开的侠客喵!”

靓妹愣了一下,突然停住脚步捧腹大笑。喵豆恨恨地瞄了他一眼,这傻子真是不长眼。瘸子倒是没笑它,直愣愣地冲到喵豆面前。这时,喵豆一个堪称经典的腾跃,从水泥柱上跳下来,擦着瘸子的耳朵跳到他背后,还顺便用尾巴撩了一下他的眼睛。瘸子躲都来不及躲,本能地抬手护眼,身体朝后一仰,脚下乱了步子,差点摔了一跤。随后,喵豆轻巧地在地面上点了一下,又腾身在墙上点了一下,斜着冲向靓妹。它有意伸出爪子,做出一副要挠破靓妹“盛世容颜”(满脸青春痘)的样子，锐利的爪子在阳光下闪烁着金属般的冷光。靓妹哇的一声惨叫，腿一软，瘫坐在地上。喵豆得意洋洋地从他的头顶掠过，又顺爪抓了一把，本意是抓乱他顺滑的黑色长发……结果……头发，不，头套被它拽了下来，露出光溜溜一颗秃头，上面还泛着油光。爪子上钩着头套的喵豆突然觉得有些尴尬，它舔舔鼻子，一甩，那头套就落在靓妹身后一米远。接着，喵豆回头瞄了一眼后退三步结果绊倒在靓妹身上的瘸子，又摇了摇头。这都是什么人啊，一点智商也没有，战斗力又这么差，怎么出来混的？

前方是缠斗在一起的小哑巴和胖子，显然小哑巴略处下风，头上、脸上、肩上都是血，一时半会儿倒也看不出来哪里受了伤。胖子手里握着一根胳膊粗的棍子，看他抡起来那个样子，怕是挺沉，大概是铁之类的金属材质。小哑巴的叉子早就被夺走扔到一边去了，胖子笑嘻嘻的仿佛在玩猫抓老鼠，只要小哑巴冲，他就拿棍子或打或挑，或劈或扫，或戳或拨，总之小哑巴就是冲不出他棍子的打击范围。棍子如雨点般落在小哑巴的头上、肩上、背上、腿上，棍棍到肉，发出噗噗的闷响。

看样子，这胖子倒是个练家子。喵豆想了想，决定出手捞人，万一这小哑巴被打死了，它找谁去问自己是从哪被捡来的呢？于是，喵豆悄无声息地溜到胖子背后，然后一跃而起，后爪在胖子的大屁股上蹬了一脚，借力冲上胖子的右肩，对着他的耳朵就是一声虎啸。这音效装上以后就没用过，今天头一回用，效果不错。胖子被吓了一跳，本能地歪头躲开，手松开棍子来抓喵豆。喵豆哪能让他抓住啊，迅速从他的右肩跳到左肩，顺便故技重施，用尾巴去扫他的眼睛。胖子果然闭眼大吼起来，手忙脚乱地伸手往左边抓。喵豆趁机跳到小哑巴的肩膀上，顾不上多想，冲小哑巴大声喊道："快跑！"

小哑巴愣了一下，好在反应还算快，趁胖子闭眼的工夫拔腿就跑，废品站的大门就在前面。这时候，远处突然传来警笛声，一路呼啸着越来越近，听声音，最多两分钟就能赶到。

"妈的！"胖子大声咒骂起来，"丫居然敢报警，看老子下次怎么弄死你！"他捡起棍子，愤愤地指着小哑巴和喵豆又骂了几句，随即招呼刚从地上爬起来的瘸子和靓妹转身跑开了。那个靓妹傻呵呵的，跑了一半又返回来捡他的头套。

02

回家

三个傻子转过一个弯，消失在墙角。

喵豆跳上水泥柱子，依惯例正襟危坐，面带迷之微笑，招财猫似的挥挥手，配上宏伟的《命运交响曲》，嘴里念叨着：“本喵是独立自主高大英武炯炯有神人见人爱花见花开的侠客喵！人类孩子，你叫什么？”

小哑巴看都不看它一眼，弯腰拍拍身上的土，站起身准备走。

喵豆见那孩子不理它，一撇嘴，委屈地嚷嚷

道:“小哑巴,是本喵救了你呢。你们打架的时候,是本喵通过独有的中微子通信,接通警察局报了警！不然你能跑掉才怪！”

小哑巴双手抱臂,用戏谑的眼神瞅着柱子上杵着的喵豆。喵豆舔舔鼻子,突然觉得气氛有点怪。不对啊,明明是我救了小哑巴,怎么这孩子的表情倒好像可笑的是我呢?

“喵了个去！你这什么态度啊,喵！”喵豆决定直接点,“搞清楚,是本喵救了你！就你那笨手笨脚的样子,今天要不是本喵,你肯定得折在胖子手里！大傻帽！”它说着,轻轻跳到了地上。

小哑巴撇撇嘴,白了喵豆一眼,往回走了两步,从地上捡起叉子,收回袖筒。

“小哑巴,你是从哪把本喵捧出来的?你是怎么激活我的?”喵豆不失时机地凑过去问。然而,小哑巴理都不理它。

“本喵救了你一命呢，你这什么态度啊，喵！”喵豆龇着牙表示愤怒，小哑巴还是不理它，又走了两步，伸手去捡书包。

喵豆做出愤怒的样子，威胁小哑巴道：“你要是再不说，本喵就去找东哥来收拾你！”这一回，小哑巴有了反应，直接冲着喵豆比了一根中指。

喵豆见这孩子软硬不吃，也没了法子，只好先跟着，徐图良策。它撇撇嘴，跳开两步，离小哑巴差不多两米远。这个位置比较适合，既不会被轻易抓到，也不会让目标轻易跑掉，可攻可守。嗯，不错。

小哑巴看着警车在废品站大门外停下，突然扭身，几个跨步登上垃圾堆，直奔东边的围墙。那个方向有个不大不小的缺口。跳出围墙之后，小哑巴理也不理喵豆，径直撒丫子就跑，腿脚麻利得很。喵豆暗自偷乐，紧随其后。它起步快，跑得也快,小哑巴可甩不掉它。喵豆猜测,小哑巴是因为发现它早就有主人了,所以放弃了要把它据为己有的念头,也因此不愿再跟它打交道。按照法律,不能对有主人的宠物强行拾荒,那会被告涉嫌“非法占有他人财物罪”。

小哑巴穿街绕巷,一路上,到处都破破烂烂的,几乎看不出有什么像样的地面建筑,只有一片片灰蒙蒙的低矮危楼, 彼此间隔不过几十米。危楼的楼顶或者侧墙都挂着硕大的招牌,可看上去年久失修,不仅没有通电,还缺笔少画,摇摇欲坠,怕是一阵大风吹来都会噼里啪啦掉下不少零碎。招牌内容倒是五花八门,有饭店,有小卖店,有剧场,有茶楼,可就是没人。为数不少的楼,门窗都没了,还有些甚至破败到楼体的一角坍塌殆尽,只剩下几根立柱、桁架和若干散落在地上的破砖头。路上冷冷清清的,看不到什么人,只有车来车往。偶尔会听到刺耳的鸣笛声，还有改装车加速时发出的轰鸣声。

喵豆跟着小哑巴拐过一个街角，面前突然出现了一片开阔的广场，广场上坐落着一座宏伟的建筑物，足有十层楼高，几乎沿着半圆形的广场围出了一个姿态优雅的弧。这座弧形建筑的外墙全是玻璃，在阳光下反射出耀眼的光辉，把整个广场照得明晃晃的。这一切跟之前破破烂烂的城市景观相去甚远，简直让喵豆觉得是“转过街角”触发了隐藏副本。喵豆愣了一下，终于还是跟着小哑巴穿过广场，走到一扇大门前。

小哑巴站在门口，大楼的智能安检系统快速核验了他的身份，玻璃门徐徐敞开，他大步走了进去。喵豆正要跟着进去，一股高压电流准确地击中了它，它的主控系统瞬间瘫痪，随即被机器警卫扔进了笼子。

这时，小哑巴回过头，冷冷地看了喵豆一眼，开始跟机器警卫比画起手语来。还好，喵豆的缺省知识库里有手语，能看懂这小子在说什么。小哑巴问警卫为什么要抓它，警卫回答道：“这只宠物机器猫的注册地是内城，没有出城记录，在本地也没有依法注册，疑似是走私物品，或是被盗窃的赃物。按照现行法律，应对其予以扣押。”

小哑巴冷漠地看着机器警卫，露出不耐烦的神情：“它是跟我一起的，我带它来注册。”

警卫一板一眼地对小哑巴说：“很抱歉，您不能替它注册，它并不是您的宠物猫。现有的登记记录显示，它是有主人的，主人信息不详。”

小哑巴继续手语：“对，我不是它的主人，但我是它的监护人，不信您可以直接问它。”

警卫继续发问：“您的意思是说，您将对这只宠物猫在本地的所有言行负责，并承担相应的法律后果吗？”

小哑巴微笑着点点头：“当然。”

喵豆刚刚从暴击中平复过来，不仅仅是因为高压电流，也因为它突然意识到，自己现在的处境确实很尴尬。还好，按照法律，拾荒人可以在物归原主之前担任其监护人。

机器警卫转过头望着喵豆：“邱叶是你现在的监护人吗？”

喵豆梗着脖子，意识到自己是被这个臭哑巴坑了，看着他脸上戏谑的神情，却也只能点头认栽。瞬间，它的官方标识区多了一行记录：“临时监护人——邱叶”。

喵了个去，这臭小子心机太深了！喵豆一边骂，一边听任这个叫邱叶的临时主人把自己从笼子里掏出来，装进书包。好吧好吧，既来之则安之，反正逮到机会我还是可以跑路的。

邱叶暂时并没有露出得志便猖狂的嘴脸，这总算让喵豆心中略感欣慰，于是它自顾自地把书包拉开一条缝，开始四处打量。眼前是一个空荡荡的大厅，没几个人，倒是有很多门，一路沿着走廊排开，直到看不到的地方。几条闪烁着不同颜色的光带引导访客去往不同的方向。邱叶不紧不慢地迈开大步，跟着一条蓝色光带很快来到一扇写着“失物招领”的门前。一道蓝光扫过邱叶的全身，大门自动打开，邱叶面无表情地走了进去。

房间里依然没有人，只有一张桌子和一把椅子，邱叶熟络地坐在椅子上，伸出双手按向桌面。嗯，电子掌纹锁，这玩意喵豆很熟。

几分钟后，邱叶办完手续，带着喵豆离开了堂皇的政府大楼。喵豆很认真地想了想，反正它也没什么地方可去，这臭小子虽然阴险，但比起独立自主高大英武炯炯有神人见人爱花见花开的自己，无论智商还是情商，毕竟都相差甚远。不过就是个乳臭未干的熊孩子，有什么可怕的？既然如此，就姑且先跟着这个臭小子吧，看他能玩出什么花样来。

邱叶背着喵豆，继续穿街绕巷。喵豆把眼睛贴在书包敞开的缝上，看着一路乏味的灰色，越来越烦躁不安。它实在想不明白，自己究竟是如何沦落至此的。

喵豆记得，在被强制关机之前，它一直都在主城里生活。主城的大罩子下面，规规矩矩地陈列着整洁的街道，高楼林立，各种交通工具井然有序地沿着不同的轨迹在不同的高度飞行，看上去充满机械的美感。公园和楼顶都有精心设计的绿地、林荫，花花草草生机勃勃，偶有漫步者徜徉其间，都衣着光鲜、样貌俊美，毫不矫揉造作，完美地融入周围的环境，形成一幅幅让人赏心悦目的画卷。喵豆最喜欢蹲在窗台上，看着人来人往，怎么看都看不厌。

喵豆努力回忆着，它的……主子……它记起来了，主子就是小乙，小乙就是主子。虽然它还没想起来小乙长什么样，可它记得，小乙经常带着它在主城闲逛，总是让它“闭嘴，太吵”，有时候还会莫名其妙切断跟它的脑波联系，让它处于电子静默状态，不解释，不道歉……喵了个去，反正，是个讨厌的主子。它最讨厌小乙跟它说不想做它的主人，可喵豆毕竟是宠物猫啊，离开主人的宠物猫，就没有存在的必要了，不是吗？讨厌的主子！离开小乙绝对是正确的！

可是，是它主动离开小乙的吗？喵豆恍恍惚惚地觉得肯定是自己的记忆出了问题，它记不起来了。喵豆咂咂嘴，再次通过中微子通信连到网上。

很好，消息很多，挑着点，拣重要的看就好。

这座城叫渠城，原本是一条处理主城污水的沟渠，后来水资源都循环使用了，也就不再有污水从这里流过。水渠干了，这里成了城里人的垃圾场，而两边的堤坝便被无数拾荒人深深浅浅地挖出许多洞窟来住。有了人，就有了生意，有卖吃食卖手艺的，也有卖货卖身的，一条废渠渐渐变成一座城。再后来，内城索性在这里建了好几个垃圾处理站，拾荒的越来越专业，把这里变成了废品回收站。当然，这里也是贫民窟，城里人懒得花时间管这里的事，大多数时候都是任他们自生自灭。呃，只要能把内城的垃圾处理好，不要闹事，其他都是由外城的自治委员会进行管理。毫无疑问，外城也有学校、医院、工厂、商店、仲裁所、警察局等。只不过，跟内城相比，这里大多数争议都是靠拳头解决的，拳头不行就上刀子，刀子不行就动枪，警察只是偶尔露个头。还好，大家依旧会给警察几分薄面，毕竟都是出来讨生活，没必要搞事情。

在喵豆看来，渠城简直就是当年的“西部世界”，只不过，牛仔变成了捡垃圾的。理论上讲，现在的垃圾处理厂都是自动化处理，可很多被当成垃圾的东西其实都能用，只是主人不喜欢了，就扔了。所以才会出现拾荒者，他们把能用的东西捡回来，修修补补，再卖给穷人。这样一来，穷人能买到便宜货，拾荒人能挣到微薄的利润。这不是皆大欢喜的事情嘛，不然也不会出现渠城这么个专业拾荒的外城。

走了大概三十分钟，邱叶走到一栋破败的建筑物前。这是一栋三层小楼，灰溜溜的建筑没有任何特色，临街每扇窗户的玻璃都是破的，不同的只是破碎的部位和形状而已。邱叶径直走进小楼，用指纹打开入口电梯，进到一个大小约四平方米的密闭空间，熟稔地在隔板上按了几下。1278,邱叶就住在这里。

这栋楼的地面部分仅仅是整栋建筑的一小部分,地上只有三层,地下有十几层。根据喵豆查到的历史记录,渠城因为治安不好,所以大多数人会选择住在地下,冬暖夏凉,而且不必担心有人打碎你家的玻璃,因为地下压根没窗户。

资料显示，渠城有着庞大的地下建筑体系，足足深入地下几十米甚至上百米,方圆几公里盘根错节，无数甬道密密麻麻如迷宫般贯穿其中。曾几何时,渠城也是很繁华的,到处都是人。那时候这里还有很多工厂,但随着垃圾处理的自动化和智能化,大量工作岗位被机器人占据,渠城的人口越来越少。

一座城市的衰落通常以经济衰落为警示,随后就是人口的大规模流失。这是常识。

03

邱叶

传送电梯很快就到了。邱叶站在原地不动，面前的隔板朝两边卷了起来，邱叶面无表情地走了出去，迈进一个散发着幽幽蓝光的小厅，然后把书包放了下来，掏出喵豆，扔在沙发上。

这是一间普普通通的客厅，有沙发、茶几、餐桌、椅子，墙上挂着几幅画，因为灯光太暗，看不清楚。喵豆急匆匆地转了一圈，发现客厅左手边是厨房，很干净，井井有条，不过却找不到什么吃的。晦气，这个家估计很穷，不能久居。喵豆又冲进客厅右边的卫生间巡视了一番，还行，卫浴分开，一个木制的大浴桶竖在角落里，品位不错，不过，里面积满了灰，怕是很久没用过了。最后是卧室，要想知道一户人家到底有几口人，就看卧室。正对着卧室门的是一张双层子母床，一张空荡荡的梳妆台，旁边却是张堆满了书的书桌，典型的一家三口小户型。晦气，这种人家最没情调，天天掉书袋，肯定不好玩。

卧室的墙上全是照片，左一张右一张地贴着，略有些泛黄。喵豆仔细瞄了几眼，大多是全家福：一个容貌娟秀的女子抱着孩子，旁边是个高大魁梧的男人。那女子脸上一点笑容也没有，眉头微蹙，仿佛是在担心什么。男人也算长得周正，但跟这般精致的女人比起来，还是稍显粗犷，不，应该说是彪悍。那男人多数时候都大大咧咧地笑着，只是，随着孩子的年纪越来越大，他脸上的笑容越来越少，增加的不只是皱纹，还有满满的疲惫和戾气。倒是那女人，竟一直没怎么变，还是显得很年轻，但脸上的神情越来越木然，或许，该说是呆滞。说来有趣，照片里只要有那女人，小哑巴的表情就显得非常压抑而紧张；如果是小哑巴自己一个人，就一脸冷漠，拒人于千里之外；只有跟那男人单独合影的时候，小哑巴的眼角眉梢才淡淡地有几分温度。

喵豆想，这两个人就是邱叶的爸爸妈妈吧。

正琢磨着，邱叶弯下身子，跪在卧室侧面那堵墙的墙角处，用力地推着。一个半米高的洞口在邱叶面前打开，他毫不犹豫地钻了进去。喵豆琢磨了半秒，立刻跟了进去。这个洞并不深，只几米罢了，尽头是一间密室，黑黢黢的。邱叶站起身来，朝前走去，用力一推，那居然是一扇窗。不是说地下没窗吗？喵豆有点蒙。当窗户被推开的时候，亮光立刻就涌了进来，分不清是月光还是灯光，抑或是星光，朦朦胧胧地如烟般透进那扇不大不小的窗户。小哑巴双手撑在窗台上，轻轻一跳，就坐到上面了，他背对着房间，把两条腿都伸出了窗外。

喵豆愣了一下，赶紧跟上，也跳到了窗台上。原来，窗外是一个巨大的深坑，深不见底，对面的岩体距离他们足有好几百米远，而他们的窗户距离崖顶也足有上百米远。漫天的星斗一下子投射在喵豆眼中，仿佛一整条银河都徜徉在面前，星光似乎是凝固的，又似乎在缓缓流动，一如时间长河，似是凝滞了，又能感觉到滚滚的水流渐渐自指缝间溜走。除了他们这个窗口，整个岩壁看不出任何人类居住的痕迹。奇怪，除了小哑巴家，居然没人想过打一个横向的洞通向深坑。不过，再仔细想想，又释然了。为什么要出来呢？这里深不见底，往上也不可能爬得出去，干吗费这个力气打洞呢？何况，这个深坑底部是核废料填埋处，虽然辐射量还不足以对人体造成什么伤害，但毕竟不是什么好事。

小哑巴像变魔术一样，不知道从哪里变出一片叶子，含在嘴里，幽幽的曲子伴着星光荡漾在房间里。这是一首很忧郁的曲子，旋律如行云流水，调子里却透着孤单。满天星斗似乎带上了一种魔性，照在他的头发上、额头上、脸颊上、肩膀上，似是为他披上了一层朦胧的轻纱。小哑巴脸色平静，仿佛什么情绪都没有，又仿佛洞悉了一切。那叶子吹出的小曲呜呜咽咽的，如泣如诉，怎么听都不像个孩子能吹出来的。喵豆不懂音乐，存储卡里虽然存了几十万首曲子，偏偏没一个能跟这首曲子对上。最后，它决定放弃，就安静地做一个观众好了……哦不，是听众。

听着曲子，喵豆迷迷糊糊的，有点恍惚，回忆开始一点一点地浮现，存储卡里断断续续的残区渐渐连成一片。那音乐让它回忆起跟小乙在一起安安静静的美好生活。它记得自己曾经卧在小乙脚边，听他安稳的呼吸声，平和，安宁。那时候啊，喵豆最喜欢小乙撸它的毛，跟它说话，骂它傻不拉叽的。哼！谁比谁傻啊?！可是，它记不得小乙的模样，只记得小乙喜欢在实验室里瞎鼓捣，他的口头禅是："你再想想？以你的智商，肯定能自己找到答案。你可不是普通的宠物猫，你是我小乙的机器猫。"屁！真是气人！宠物猫是用来宠的，不是整天被逼着考试的！想什么想？累不累啊。臭小乙真是臭屁得不要不要的，整天摆出一副故弄玄虚的笑脸，喵了个去，让人看着就想踩他一脸。等等，笑容？它不是不记得小乙的模样了吗？为什么会记得笑容？

喵豆想着,突然发现邱叶不再吹叶子了。它睁开眼,看见邱叶已经跳下窗台,蜷缩在墙边,把双腿环抱在胸前,头埋在膝间,双肩急促抖动着,隐约能听到几声啜泣。喵豆吓了一跳,随即一跃而起,跳到邱叶身旁,围着他开始兜圈子。

它不知道该如何安慰这个小屁孩,犹豫了一下要不要用脑波直接跟邱叶联系,想想还是算了。小乙说过,这技能不能让别人知道,宠物机器人不允许具有“人机直连”功能,更不允许有自己的想法……什么是想法?其实小乙当年也没说明白。可是呢,作为宠物猫,对于主人……等等,邱叶不是主人……那好吧,对于弱小的人类,是无法做到袖手旁观的。小孩子嘛,臭屁就臭屁了,我可是独立自主高大英武炯炯有神人见人爱花见花开的侠客喵,偶尔让着点那些愚蠢的小屁孩,也是喵的美德和修行。

于是，喵豆毅然决然地跳上邱叶的肩头，努力尝试去舔他的脸。它记得，小乙最怕痒，只要舔他的脸，他就会咯咯咯笑个不停。或许，邱叶也一样。它刚舔了两三下，邱叶突然一把抱住喵豆，把它搂在怀里，整张脸埋在它后颈的软毛里轻轻蹭着。喵豆愣住了，不知道该做何反应。

这是喵豆从来没感受过的，是被信任被依赖的感觉，既不是宠溺，也不是厌恶，非常奇怪。身为宠物机器猫，它的功能列表里只有撒娇、卖萌、发嗲、求宠、逗乐、安慰、保护、忍受、卖惨、畏惧，等等，可是，没有被依赖。一直以来，宠物猫的主要功能就是陪伴，是被照顾的对象，好让主人觉得自己的存在有价值，让主人觉得自己是命运的强者。嗯，如果主人想要被保护，应该去买宠物狗，甚至有宠物黑豹。但猫嘛，设定不同。当年小乙怎么说来着？什么细分市场，针对目标人群的精准营销啥的。但这一回，喵豆觉得自己才是强者，这小屁孩是需要自己照顾的弱者，这让它突然有了一种异样的感觉。

喵豆的处理器有点过热，可它没想清楚是否该降温，因为系统并没有报警，奇怪，它觉得……这感觉挺好的。喵豆不敢动，怕影响邱叶的情绪，可又觉得一点都不动会不会太僵硬，于是抻了抻脖子，想让邱叶枕得舒服点。邱叶把它抱得更紧了，它能感觉到他……嗯……嗯？他伸手捏住它后脖颈的强制抓取区，将它一把拎了起来。“喵了个去，完了。”喵豆暗自骂了起来。

邱叶抬起头，脸上哪有半点泪痕，那满脸的戏谑和得意，简直让喵豆想把自己刚才那点记忆都强制删除。“丢人啊，这臭屁的小子，看样子是装抑郁博同情啊，目的就是想抓住我。真是卑鄙啊，太无耻了！果然是个心机男！”喵豆愤愤地念叨着。

邱叶动作非常麻利，几秒之后，喵豆就被扔进一个笼子，这笼子小到让它动弹不得，就跟束缚衣一样。随后，邱叶拿出一个怪模怪样的仪器，直接连到它头上的数据接口。紧接着，喵豆和邱叶展开了一场激烈的系统攻防战：邱叶用了多种黑客手段，试图获取喵豆的系统管理员权限；而喵豆则愤愤地设置了一层又一层障碍。“喵了个去，这比图灵测试难多了！”喵豆说着，耗尽了自己的能量。就在关机前几秒，邱叶给它连上了外接电源，同时也突破了它的基础防护，构建起与喵豆间的数字通路。

喵豆翻了一个白眼，开启了脑波直连功能，给邱叶发了一条信息，请求“允许直连”。

邱叶显然被吓了一跳，愣了足有十秒，终于还是选择了“我同意”。

“你居然是个女的？”连线之后，喵豆从系统反馈的信息里得知，自己面前这位其实是如假包换的十四岁少女。

“脑波直连？”邱叶没有回答它的问题，直截了当地反问喵豆。

“这是我主子的独家发明，天底下只有本喵有这个功能！”喵豆得意地说，“你这土包子肯定没见过吧，是不是吓傻了？”如果不是被箍在笼子里，喵豆觉得自己应该会兴奋得在屋里跑上一圈，再打个滚什么的。

“好卖。”邱叶面无表情，冷冷地说道。

“你不能卖我！你根本没有所有权！”喵豆愤怒地嚷嚷着。

“垃圾没有主人。”邱叶补刀。

“屁！我才不是垃圾呢！本喵是宠物猫，怎么可能没有主人？机器警卫不是说了吗，我是有主的！”喵豆得意地舔起爪子来。

“主不详。”邱叶送给喵豆一个讥笑。

“详不详都不是你！“喵豆恼羞成怒起来。

“我是你的监护人，可以把你租给别人挣钱。”邱叶不为所动。

“滚！滚！滚！”喵豆气得不知道该说什么，“你不就是想拿本喵换钱吗？本喵可以给你更多的钱！”

“你没钱。”邱叶伸手准备关掉喵豆的电源。

“本喵的确没钱，可我主子有钱啊，他肯定愿意付很高的价钱赎本喵回去！”喵豆喊道。

“被主人扔掉的都是垃圾。”邱叶半点都不为所动。

“本喵才不是被扔掉的！真的！这里面肯定有问题！我觉得，我是被偷出来的！”喵豆努力做着最后的挣扎，认真地分析道：“我跟你说，本喵真的跟其他宠物机器人不同。我主子花了很多心血来创造本喵，才不是为了把我扔在垃圾箱里！”

邱叶不说话，但也没有继续关电源，只是抱着双臂，冷冷地看着喵豆。

“你不就是要钱吗！臭丫头！本喵跟你保证，只要你帮本喵找回主子，他能给你的钱，绝对比卖我划算！”喵豆继续逆境求生。

“证明你的价值。”邱叶挑衅地看着喵豆。

“本喵可以保护你！”喵豆忙不迭地表白。

“不需要。”邱叶翻了一个白眼。

喵豆继续努力地推销自己：“我能脑波直连，还有北斗系统的高级权限，导航、监测、定位，这些都是普通喵不具备的！”

“嗯，能租得贵点。”邱叶一本正经地点点头。

“不不不，这样，本喵帮你挣钱，你就容我跟着你！如果两个月内我能帮你挣一大笔钱，远比你把我租给别人划算，那你就相信我，帮我找主人！”喵豆急忙解释道。

邱叶犹豫了一下，没有立即回答。

喵豆一看有戏，赶紧信誓旦旦地喊道：“你放心！本喵一言既出，驷马难追！给本喵两个月的时间，做不到就任凭你发落！”

“我不要钱，我要你帮我做件事。”邱叶俯下身子，黑黑的双眸死死地盯着喵豆。

“什么事？”喵豆感受到了邱叶的认真，虽然有种不祥的预感，但还是决定赌一把。

“我会告诉你的。”邱叶说着，爽快地打开了笼子。

故事就这样开始了……

04

秘密

第二天来得很快，一早，喵豆猫在书包里，跟着邱叶来到学校。

跟喵豆预想的不同，学校里并没有老师。到了上课时间，学生们纷纷从课桌下摸出拴在桌子腿上的公共头盔戴在头上。喵豆利用自己的黑客技术，直接黑进系统。结果，它瞠目结舌地看到虚拟教室里突然开始掉东西，有鸡鸭鱼肉蛋糕点心，一大群人闹哄哄地抢起来，没过多久，掉下来的东西就被瓜分一空，满屋子的人全都下线消失了。

喵豆完全搞不清楚状况，赶紧问邱叶："这是什么情况？捡这些东西到底有什么用呀？"

邱叶面无表情地解释道："拾荒者只需要眼力和麻利，所以只需要学抢东西。"

"可这都是虚拟的，抢了有啥用？"喵豆目瞪口呆，十分不解。

"抢到的东西有分值，可以换成能量点，直接在系统上兑换食物、生活用品或者能量卡。"邱叶看了看自己的收获，还可以，中等偏上。这些能量点能换一天的食物或者三天的用电。下午拾荒的效率再高一点的话，说不定还能攒下点钱。

本来喵豆还在好奇，为何在虚拟世界抢东西还得到学校来，不过，当它藏在邱叶的书包里跟她一起走进食堂之后，立马深刻地领悟了邱叶的生存之道。

食堂是一间四面漏风的破屋子，里面摆着十来张破桌子，连把椅子都没有，几十个高高低低的孩子人手端着个碗埋头苦吃，吸溜吸溜的声音此起彼伏。不时有人吃完了离开，又有人走进来准备去排队领饭，基本上都是不到五分钟就瓢干碗净匆匆离开了。

邱叶把饭盒递到墙根处的食物分发器前面，分发器上端的身份识别仪迅速核实了她的身份信息，墙面上露出一个黑洞。邱叶把饭盒放进黑洞，然后就听到一阵咕噜咕噜的声音，简直像是谁吃坏了肚子在拉稀。随后，声音戛然而止，邱叶取回饭盒，那个黑洞自动关闭了。

饭盒里是灰了吧唧的糊状物，看上去很恶心，但邱叶却一副心满意足的模样，端起来就喝，跟喝稀饭一样，吸溜吸溜没两分钟就吃完了，然后又伸出手指在饭盒的内壁上刮了半天，把沾在内壁上的糊糊又凑一堆舔得干干净净。喵豆忍不住给邱叶发了一条消息:“这么恶心的东西,亏你吃得那么开心,太考验我的忍耐力了。”

邱叶吃完就大踏步朝门外走去,面无表情地答道:“营养粥。”

“喵了个去,这就是学校提供的营养午餐?简直恶心死人了。”喵豆忍不住摇头。

“吃不到会饿死。”邱叶冷冰冰地解释道。

“喵,怪不得要来学校,原来是蹭饭啊!”喵豆恍然大悟。

“我们去个地方。”邱叶突然转换话题,快步走出校门。

校门外是一个小广场, 周围是低矮的院墙,院墙后面是一座废弃的工厂。邱叶一路疾奔,很快就来到废弃工厂的矮墙前。她没有丝毫停顿,直接冲上去,在墙上蹬踏了两步跳上两米高的墙头，重重地落在已经长满野草的花坛里。她一句话也没说，又往右边蹿去，来到一间破旧的厂房门口。邱叶在门禁系统输入了若干字符，那大门居然打开了。

这是一间废弃的垃圾处理厂房，里面有许多庞然大物，从吊顶伸出若干须状的枝丫，死气沉沉地垂着。上个世纪，每台庞然大物都会有十几个工人围着，一道一道工序紧着完成。后来，十几个工人变成几个，而这些人的工作也从最初的体力活变成设备操控，再到后来只需负责机器的配置和运维，最后，整个工厂都被淘汰了 。

回想起邱叶翻过矮墙一副熟门熟路的样子，喵豆估摸着，她肯定是熟客。喵豆咂咂嘴，端坐在书包里，探出脑袋来，看着邱叶穿枝拂叶地快速穿过一排排硕大的机器，时不时撩起一张帘子，穿过一道门，路过一个又一个破败的房间。

邱叶默不作声地一路前行。

“这些小房间都是干吗用的？感觉怪怪的。”不知为何，喵豆总觉得工厂上上下下都透着一股子阴冷，说不上哪里古怪，就是……很不舒服。算是有点压抑吧。

“不同类型的垃圾在不同的房间处理。”邱叶突然认真起来，“处理各种尸体。”

“尸体？”喵豆猛地感觉自己领悟了什么，后脖颈一阵发紧。

“植物的尸体、动物的尸体、机械的尸体……”邱叶察觉到喵豆的恐惧，扯了扯嘴角，继续说道，“你曾经也是尸体，如果没有被我捡回来，你会被粉碎。”

喵豆不寒而栗，忍不住颤抖起来，虽然它觉得邱叶说的都是假的，依然如坠深渊。它并不知道自己究竟是不是被主人遗弃了，但很肯定的一点是，它的确是在垃圾处理站被邱叶挖出来的。如果邱叶没有激活它，或许，它真的会跟其他机械废品一样，被碾压，被粉碎。

邱叶带着喵豆走进一间不足十平方米的小屋，正中间是一台硕大的粉碎机，如同怪兽般伫立着。屋子很压抑，就连空气都透着腐朽的味道。粉碎机旁边有一张小桌子，桌面落了厚厚一层灰，以至于看不出桌子的本来面目。桌边散置着两把椅子，同样破破烂烂，落满灰尘。邱叶熟门熟路地走过去，拉开一把椅子，也不去管飞起的尘土，弯腰在桌子底下鼓捣了半天，拿出一个看不出材质的盒子，大概二十厘米长，五厘米宽，五厘米高。

"我们都是没人要的垃圾，都是尸体。"邱叶说着，把盒子放在桌子上，既没打开看，也没解释为何知道桌子下面藏着一个盒子。

"人类也会被视为垃圾？"作为宠物猫，喵豆无法理解人类的自嘲。它跳出书包，又跳上桌子，好奇地闻着盒子，却因为满桌子都是灰，冷不丁打起喷嚏来。

邱叶冷冷地看着它："比如，垃圾人。"没等喵豆做出任何反应，她拿起盒子，起身走向高墙。也没见到她做什么动作，眼前看似密闭的墙上打开一扇门来，黑漆漆地不知道通向哪里。邱叶没理会喵豆，径直朝里面走去，随着她的脚步，甬道里亮起幽暗的黄光。喵豆吓了一跳，还是跟着邱叶走进甬道，毕竟现在它是"喵落平阳被娃欺"，只要能找到小乙，怎么都行。

甬道里面很整洁，地面是最普通的混凝土预制板，天花板和两侧的墙壁只涂了一层薄薄的白色涂料，因为多年无人维护，此刻已斑斑驳驳地露出底下灰色的水泥。一人一猫默然走着，脚步声回荡在甬道里，头顶的感应灯总是在邱叶即将走进黑暗的一刹那亮起,又在喵豆身后熄灭。这一切让喵豆不禁有些恍惚,觉得这甬道似乎正通往冥界或是其他什么意想不到的时空,而自己却只是一个看客,完全不属于这里。前方邱叶的身影被拉得很长很长,每当喵豆觉得可以赶上的时候,她的影子就会快速消失,只剩下自己的影子孤独地在身前拼命追赶,又随着身后灯光的熄灭而不见。

甬道直直地向前延伸了足有几百米,然后是一段盘旋向上的楼梯。邱叶没解释,喵豆也没有问,只是一路向上爬啊爬,又是几百米。喵豆突然有点心虚,不明白她干吗要爬这么高,更不知道她究竟要去哪里。

邱叶终于停下,推开身前一扇门,一股凛冽而清新的空气涌了进来, 一道刺目的光照进甬道。喵豆原本把自己的视力调成了适应昏暗环境的黄昏模式,这道光差点亮瞎了它的猫眼。喵豆忍不住大声抱怨起来,一边把视力切换成日间模式,一边加快脚步追着邱叶冲出甬道。冲出去的一刹那,喵豆惨叫一声,肝胆俱裂,四爪翻飞,还好抓住了邱叶的衣角，顺势紧紧抱住她的大腿。喵豆第一次觉得抱大腿绝对是最幸福的事,尤其是当被抱住的大腿很稳健的时候。

喵豆和邱叶几乎处于半悬空状态。这是一个最宽处仅有一米的弧状平台,背后的小门正好位于一堵约莫五米高的围墙底部,平台外沿有一圈金属围栏,显然年久失修,锈迹斑驳,那细细的杆子让喵豆体会不到任何安全感。根据喵豆自带的传感器分析,这地方至少有四百米高。

邱叶背靠着墙，手里紧紧抓着金属栏杆,旁边是一道贴着围墙竖直向上的爬梯。喵豆刚才速度太快,差点冲出平台,好在喵大侠平日里训练有素，身手还算敏捷。它靠着宠物猫特有的翻正反射，弯腰、扭头、摆尾，迅速调整了姿势，在空中翻了个跟头，把头扭了回来，然后一把钩住邱叶的衣角，一只爪子不够就两只，两只不够就四只，总算是抱住大腿了。

心有余悸的喵豆从喉咙深处发出阵阵低吼，一方面是表达对邱叶的愤怒，一方面也是安慰自己幼小而脆弱的心灵。它毕竟只是一只宠物猫，还从未如此不招人待见，刚才差点活活摔碎。这个臭邱叶，太过分啦！

邱叶并不理它，一把揪住它的后脖颈，把它塞进书包，然后把书包举了起来，摆出一副要把喵豆连同书包一起扔下去的架势。喵豆秒㞞，甚至不敢挣扎，生怕这臭丫头没抓稳书包带子，失手把它掉下去。它决定做个安稳大气的美男子，而邱叶听到它不再出声，冷冷一哼，把书包放到脚边。

喵豆麻利地钻出书包，探头探脑地朝平台外面环视起来。这里显然是个制高点，至少看上去没有比这更高的“观景台”。死气沉沉的渠城在脚下伏着，一览无余，整个城市如同被缩小的沙盘，破破烂烂的街区朝外围延展开去，一个格子接一个格子，灰蒙蒙的没有任何生机，也看不到所谓的地标。如果不想用“乏味”来形容，最善意的词或许是“乏善可陈”。今天的空气倒是格外好，居然没什么霾，可以看到很远很远的地平线。

平台和围墙都是有一定弧度的，根据喵豆的测算，这应该是个直径二十米的圆，再联想到四百米的高度，它十有八九是在一个大烟囱的顶部。邱叶静静地靠着墙坐了下来，打开那个盒子。盒子里是一把旧口琴，磨损得厉害。邱叶将口琴放到嘴边，开始吹奏。这首曲子喵豆曾经听到过，就是前一天晚上邱叶用树叶吹出来的那首。青天白日，云淡风轻，同样的曲调从口琴里徐徐流淌而出，多了一分淡然，少了几分孤寂。喵豆的心情也随之平静下来。

一曲毕，邱叶收起口琴，突然通过脑波直连对喵豆说：“傻猫，看到天边那道白线了吗？”

“什么傻猫？本喵是有名字的！本喵的名字叫喵豆！”喵豆瞬间怒火中烧。

邱叶突然伸手抓书包，喵豆一个箭步跳开半米远，作势欲逃。

邱叶咧嘴笑了笑，把书包抱在怀里，拿出一张照片。虚惊一场，喵豆有些尴尬。它舔了舔爪子，摆出一副眺望风景的姿态，小眼神却时不时地飘回来瞄一眼邱叶。邱叶一脸看不起地撇了撇嘴，摇摇头，招手示意喵豆过来。喵豆趁势下台阶，跳上邱叶的肩头。

“我爸爸曾经告诉我，那道白线就是大海，是我爸妈第一次相遇的地方。"邱叶一字一顿地说，"我想去看看。"

"然后呢？"喵豆有些迟疑，不知道邱叶打的什么主意。

"你是高级宠物，能定位，还会开车，带我去看海。"邱叶侧过头看着喵豆，表情非常认真，"看完海，我帮你找主人。"

喵豆努力分析着邱叶的表情，她的脸上确实写着"真诚"两个字，但喵豆不理解，为啥她想去看海。"嗯……嗯？"它的眼珠子骨碌碌地转起来，欲言又止。

"我失忆了，什么也记不起来。"邱叶解释说，"我认识垃圾处理厂的这条秘密通道，可并不知道是谁告诉我的；我能找到这把口琴，可并不知道是谁把口琴藏在这里的；我会吹那首歌，却不记得是谁教我的；我知道我有爸爸妈妈，可我对他们一点印象都没有。警察说我出了一次车祸，我父母就是在那次车祸中死掉的，我当时也在车上，所幸没死，但醒来以后就失忆了，而且再也说不出话来。"

喵豆瞠目结舌，觉得自己的脑子果然还是不太够用。

"一直以来，只要我一睡着，就会有个声音在我耳边喊我的名字。我总觉得，如果我能去一趟海边，去看看我爸妈相遇的地方，说不定就能找回记忆，甚至找回声音，重新开口说话。"邱叶的表情突然显得很痛苦，这让拥有共情模块的喵豆忍不住喵了一声，舔了舔她的脸颊。

"我不要你的钱，我有钱。"邱叶眼巴巴地望着喵豆，那神情活似一只向主人讨要小鱼干的小奶猫，"带我去看海，我就帮你找你的主人。"

"好。"

05

瘸子

“喵了个去！你要从这个破烟囱上跳下去？你是不是脑子进水了？要烘干一下吗？”喵豆瞪着邱叶，舔了舔自己的爪子，觉得邱叶说的一定是本世纪最大的笑话，哦不，她本人就是最大的笑话。

邱叶不理喵豆，径自背起书包，攀上身旁围墙边的爬梯。喵豆犹豫再三，觉得还是应该先看看这个笑话打算怎么收尾，于是飞快地抓住邱叶的大腿向上爬，三下五除二跳进她敞开的书包。能站着就别跑，能坐下就别站着，有人背总比自己爬要强。

很快，他们就爬到了烟囱顶端，虽然喵豆不认为自己有恐高症，但处理器还是有些发烫，它不得不调低分辨率，不再往远处看。它小心翼翼地从邱叶的书包里跳了出来，这么危险的地方，还是脚踏实地比较好。就算邱叶找死，那也不会牵连本喵。

邱叶走了两步，面前是一个巨大的机械缆绳架，上面缠着钢丝芯速降绳。喵豆之所以认识，是因为以前小乙买过同款，但就是摆摆样子，从来没用过。

“啧啧啧，什么跳烟囱呀，根本就是速降嘛，哼，吓唬谁呀。”趁邱叶准备安全吊带，喵豆好整以暇地洗了把脸，连耳朵背后也仔细洗了洗。

一切准备就绪，邱叶蹲下来，敞开书包。喵豆虽然没有什么唾液，还是忍不住做出一个吞咽的动作，仿佛可以把那种打心底泛起的不舒服吃掉。

“怕了？”邱叶嗤笑道。

“怕你个大头鬼！”喵豆心一横，眼一闭，跳进了书包。

邱叶随即背上书包，熟练地推开缆绳架旁边的铁门，烟囱里面竟然是六根垂直的金属排气筒，如蜂巢般整整齐齐地排列着。邱叶走到紧急通道口，找到固定在内墙机架上的锁扣，把速降绳从锁扣中穿过去，系好安全腰带和绑在两条大腿根部的腿带，扣紧主锁和下降器，绑好速降绳，然后激活了手腕上的安全护具套装。这是一套高级能量盾，也不知道她是从哪里搞来的。嗡的一声，一层蓝光随即覆盖了她的全身，关键部位的蓝光尤甚，显然是强化了防护，包括头甲、肩甲、胸甲、护肘、护腕、护手、腿甲、护膝、护踝、靴子，一应俱全。喵豆探出脑袋，看得目瞪口呆。瞅这样子，臭丫头还真是不缺钱。

邱叶面对内墙站好，右手作为制动手背在腰后，牢牢地握紧绳索。“走了。”话音未落她就直直地朝后坐下去，双脚微微踏在内墙，开始了速降。

喵豆完全没有这个心理准备，轻微失重的坠落感让它忍不住惨叫起来，前爪牢牢地钩住书包拉链的开口处，后爪尽量撑开，顶在书包底部，生怕被邱叶甩出去。“啊！你个疯子！慢点！啊！要死啦！”这一瞬间，它突然明白，为啥游乐园里玩垂直升降机的人类都喜欢拼命地喊，好像这么声嘶力竭地一喊，恐惧确实会随着音波被释放出去……呃……释放出去一部分。

“哈哈哈哈。”邱叶肯定是故意让它听见的，因为她完全可以控制脑波不发出如此肆意妄为、没心没肺、狂妄自大的笑声，简直震耳欲聋，伤害又大，侮辱又强。喵豆不禁发出威胁的嘶嘶声，虽然它也知道，这威胁没个屁用，但总要表达一下自己的态度嘛。输喵不输阵！

邱叶继续加快下降的速度，喵豆又不得不放弃嘶嘶声，回归原本声嘶力竭的惨叫。嗯嗯，本喵是宠物猫，不是战斗猫，这种程度的速降就是自杀，所以害怕也是出于宠物猫保护自己生命安全的原则性系统要求……这这这……是基础设定，不是㞞。

历经漫长的几分钟，他们到达了烟囱底部。所谓底部，其实是距离地面十几米的一层铁格栅，六根排气筒则直直地穿过铁格栅通到下面去了。邱叶松开速降绳，解开下降器，按下旁边墙壁上的按钮，速降绳嗖的一声缩回烟囱顶。喵豆顾不上还有些头晕眼花，大声喊着要抓住绳子，急忙从书包里跳出来。邱叶歪着头，戏谑地指了指旁边一个黑黢黢的铁架子。喵豆定睛一看,原来内墙上有一道爬梯,蜿蜒向上,直通到烟囱顶。

喵豆立刻奓毛,大声质问邱叶:“你你你!你太过分啦!那不是有爬梯吗!为啥非要跳下来?!是不是故意吓唬本喵!”

“太慢。”邱叶耸了耸肩,说完就朝旁边一扇小门走去。

“你给我站住!”喵豆虽然明白,速降肯定比走下爬梯快多了,但邱叶事先一点招呼都不打,明显是为了给它一个下马威。是可忍,孰不可忍!叔可忍,婶不可忍!

邱叶完全没有理会它,只是自顾自地在墙上按了几下,门开了。看着她头也不回的样子,喵豆只能一边嘟囔着,一边快步跟上。小门里面是一条甬道,邱叶走进去,甬道顶依次亮起昏暗的廊灯,幽幽地通向未知。甬道的墙壁和地面都很整洁，倒不像年久失修。只是，喵豆非常不喜欢被人类安排，毫无安全感。

“咱们是去排气筒下面吗？”喵豆跟着邱叶曲里拐弯地绕了半天之后，收起无用的抗议，惴惴不安地问道。

“排气筒下面是焚化炉。”邱叶回答道。

还好邱叶没生气，喵豆松了一口气。咦，明明是邱叶在算计我，为啥突然变成我担心她生气了呢？看来沉默确实是一种武器。

“咱们这是要去哪啊？”

“中央修理区。”邱叶说着，在看似没完没了的甬道尽头停了下来，她又在墙上按了几下，门开的瞬间眼前一亮，万丈光辉喷涌而入，喵豆忙不迭调低了视觉系统的感光度。

这是一间足有上千平方米的宽大厂房，里面整整齐齐地排列着各种机床和仪器，屋顶是数十盏强光灯，把整间厂房照得明晃晃的。厂房正中是一辆直径五米的球形房车，下面是驾驶室和厨房，上面是卧室和卫生间。这款老式节能房车缺点是移动速度慢、不够舒适，优点是适应能力强、能耗低。这种车二十年前还是很流行的。

邱叶没说话，径直走过去打开车门，跳进房车，喵豆也紧跟着蹿了进去。里面端坐着一个人，喵了个去，是傻大个瘸子。一时间，喵豆不知道要摆出什么表情，只好蹲在角落装不存在。

“你想清楚了？”瘸子问邱叶。

邱叶点了点头。

“房车我帮你修好了，你要的东西我也都给你配齐了，核心零件是你自己找来的，所以也没什么额外的费用。邱师傅不光救了我的命，还教我修车，我欠他的，现在还你。从此两清。”瘸子把一个老式硬盘递给邱叶，“操作手册和参数配置都在这里,有问题你随时问我。”

邱叶边点头边摆出 OK 的手势。

“你拾荒拾到高级宠物猫，本来只有我们知道,可你自作聪明,在渠城市政中心注册了那只猫的监护人资格,现在整个渠城都知道了。就算东哥不出手,也会有别人来抢,到时候你恐怕连命都保不住。”瘸子说,“在渠城,要么就做个没人理的穷鬼,否则就必须有守护财产的实力。你现在是个孤儿,没人能给你提供保护,我不过是东哥的一个马仔，而东哥也就是个看场子的喽啰。这张卡里有一笔钱,应该足够你在其他外城安顿下来,不要再回渠城了。”瘸子一边说,一边递过来一张卡。

这张卡约莫巴掌大小,银白色,表面闪烁着金属的光泽。邱叶接过卡,低头看了看,不置可否,只是把卡收在身上。

这时候，喵豆忍不住喊了出来：“等等！你这是什么意思？”

瘸子看着喵豆，皱起眉头：“我是个流浪汉，那天饿得半死倒在叶子家门口，是邱师傅给了我一口救命饭，还教我修车。”

“叶子她爸？”喵豆瞪大了眼睛。

“对。”

“那你为啥跟东哥一起欺负叶子？”喵豆立刻龇起牙发出嘶嘶声。

瘸子双手抱胸：“要不是我暗中帮忙，她根本跑不掉。”他又对叶子说：“渠城是个没有希望的城市，拾荒人有了上顿没下顿，朝不保夕，没谁会可怜谁，都得自己在垃圾堆里刨食。你还小，还有机会过好日子。”

“少来！那你为啥不走？叶子爸妈为啥不走？”喵豆对瘸子没半点好感，直接反驳。

“拾荒当然没前途，可叶子爸妈当年都是公职。邱师傅原本是这家垃圾处理厂的工程师，后来厂子因为设备老旧关停了，他就当了司机，专门跑内城运输。他老婆是学校的老师，不是叶子带你去的那所学校，是渠城最好的公立学校，每年都有很多学生考进内城，鲤鱼跃龙门。我是个残废，又没文化，在这里跟着东哥看场子还能混混日子，私底下帮人修车也能挣到点钱，出了渠城就只能要饭了。”瘸子自嘲，“我这修车的手艺是半吊子，不行的，别的地方看不上我。”

瘸子转过脸望着喵豆：“叶子她妈原本是内城人，因为嫁给她爸才来渠城。如果可以，希望你能帮叶子去内城，说不定还能找到什么亲戚。如果不是当年那场车祸，叶子也能考上内城的学校，她成绩可好了。所以，千万要帮叶子找个好学校读书，有文化才有出路。如果缺钱就跟我说，我想法子给凑上。”

邱叶不耐烦地打断了瘸子，摆手示意瘸子下车，然后熟练地把一张能量卡塞进卡槽，启动了房车。

瘸子用复杂的眼神看了一眼叶子，默默走下房车。叶子也不跟瘸子道别，径直朝大门开了过去，把瘸子远远地甩在身后。

“你会开车吗？”喵豆顿时紧张起来。叶子不过十四岁，这款房车流行的时候，只怕这孩子还没出生呢。

没等房车到门口，大门就自动打开了，门外是一条笔直的马路，午后的阳光直射进来，竟然比强光灯还亮。

叶子一路沉默，驾驶房车沿着这条路疾驰，阳光隔着车窗照在喵豆身上，惬意得竟让它不禁打了个哈欠伸了个懒腰。为了分散注意力，它调出了卫星定位系统,发现他们已经在渠城最大最长的红叶渠底开了足足五十公里。

“喂,那不是你家吗?”喵豆突然意识到,叶子就住在红叶渠,根据它昨天的定位记录,这里应该距离叶子家不超过一公里。

“嗯。”叶子直接调出 AR 实景图,在上面用红点标注了家的位置,又用蓝点标出房车现在的位置,两点间直线距离只有五百米。

“咳,咳……”喵豆突然心虚起来,“所以,咱们这是要回家吗?”

“不,我们去看海。”叶子淡然回答道。

“喵了个去!都不需要准备的吗?!”叶子的回答再次突破了喵豆的心理底线。

“我已经准备了足够的能量卡。”叶子不为所动。

“吃的呢?防身用的武器?修车的工具?”喵

豆忍不住扶额呻吟。

“食品在储藏柜里,够吃一个月;你负责保护我;工具在后备厢,该有的都有。”叶子转过身,一脸严肃地看着喵豆。

喵豆悻悻地伸出舌头舔了舔嘴角,决定眼见为实。十分钟后,它有点失落地回到驾驶台。“好吧,喵了个去,确实都齐全了。那你要我干啥?”喵豆顿感无聊兼无力,“你是逗我玩吗?”

“我不能开车,不认路。”叶子用古井无波的眼神望着喵豆,一点也看不出阴险腹黑的模样,如果不是喵豆之前上过她好几次当,肯定以为眼前这位是人畜无害的人类幼崽。

“你逗我呢?你不能开车不认路,这车现在难道是自己开自己认路?”喵豆皱起鼻子大翻白眼。

“嗯……”

“嗯什么嗯？”喵豆干脆转过身去舔后腿，给她一个屁股自己去体会。

“你说得很对。”叶子在地板上盘腿坐下，双臂交叉抱在胸前。

“啥?！”喵豆吓了一跳，赶紧连上系统开始检查。这辆房车的注册地是渠城，所有权原本归邱潼，现在转给了邱叶。房车有自动驾驶和定位导航的功能，但仅限于渠城区域内再加上两条连接渠城和内城的胶囊高速通道。一旦出了授权区域，只能人工驾驶，定位导航功能也会失灵。叶子未满十六岁，压根过不了驾驶台的身份认证，单就这一点而言，她说的大概率是实话，或者至少部分是实话。

“所以，你该不会真的以为咱们一人一猫就可以直接开去海边了吧？”喵豆总觉得有些不可思议，没见过这么不负责任的。

“不是有你吗？”叶子索性双手抱头，闭上眼睛，靠在懒人沙发上。

喵豆愣了一下，越发觉得肩负重任，这让它瞬间有了运筹帷幄、决胜千里、转战四方、杀伐在握的大气。它得好好研究一下如何绕开无人区和危险区域，考虑路况，确定沿途补给点和休息站。规划出来的路线必须能够体现优雅、舒适、低成本、高规格、高品位、高性价比。另外，这辆房车的操作系统太老了，得复习一下。

小乙曾经教过它一句绝对灵验的咒语，“活到老学到老，学到的都是自己的”。这话说得真对，尤其是老板让你自愿加班学习新技能的时候，一定要多念几遍，多念一念，气就顺一些。

06

碧海

来一场说走就走的旅行，曾经是很多人挂在嘴边的口号，但对一个土生土长的渠城人来说，就是痴人说梦。

旅行是一件很破费的事情，要吃要住，要租车，还要提前买好路上所需的能量卡，哪一样不花钱？有正经工作的人都有固定收入，他们有积蓄，不够还可以跟银行借钱。可渠城的拾荒人都是有今天没明天的主，对他们来说，今天能捡到好东西，卖个好价钱，就能好好吃上一顿，还能多买几张能量卡供平时生活所需。明天如果没找到好物件，就有可能饿上一两顿。万一病了，或者受伤了，爬不起来去拾荒，就只能熬。熬过来了，就继续去拾荒，多活几天；熬不过来，一闭眼，一辈子就过去了。这是很简单的道理，每个拾荒人都懂。所以，比起啥远方，能不能吃上一顿热乎的饱饭才是决定生死的大事。正因如此，说什么要去旅行，都会被当成是找死。

正常情况下，宠物猫不可能干这么毫无价值且毫无意义的蠢事，但一想到叶子说会帮它找小乙，愚蠢就变成了勇敢。

房车平稳地开在空无一人的红叶渠底，三个小时后终于开出了渠城。此时，喵豆已经完全掌握了房车的驾驶和运维技能。

在学习硬盘知识的过程中，喵豆发现了一个隐藏文件夹，里面有很多照片和视频，时间跨度从十五年前一直到叶子家出车祸当晚，最后一张照片是叶子全家登车前拍的全家福。喵豆查阅了警察局和医院的档案（当然是通过黑客手段，不用问了，谢谢，亲），车祸日期是 11 月 12 日——叶子生日这一天。还有一段视频，叶子爸爸邱潼在母女二人上车前叫住了她们，让她们回头看。

他一边拍一边说着："嘿，美女们！终于可以告别光棍节了，不说点什么吗？"

叶子妈妈冷漠地上车关门，什么也没说。叶子怯怯地看着妈妈的背影，回过头甜甜地冲着镜头摆出一个鬼脸，耸耸肩，跟一只小耗子似的偷偷溜上车。

镜头黑了。

这是这个文件夹里最后一个文件。

驶离红叶渠之后，他们来到一片戈壁。其实，他们要去的并不是真正的大海，而是内陆湖，只不过那片湖看不到边，大到像一片海，叫碧海。出于某些没想明白的原因，喵豆没有把这个事实告诉叶子，一如它隐瞒那个文件夹。

碧海很远，在戈壁的尽头。他们在塔顶看到的那条白线并不是海，是戈壁。要开到碧海，要么花两天半的时间直穿，要么花七天绕行。既然有喵豆，又不缺补给，他们当然要穿越戈壁。

在沉默中，他们开了整整两天。戈壁其实是有生命的，但很难观察到，尤其是在房车高速奔驰的路途中。车窗外始终满目苍凉，零星的麻黄草和骆驼刺一晃而过，车尾一路尘土飞扬。枯燥到几乎没有变化的外景，让喵豆这个宠物机器猫都觉得无聊，而叶子却一直闭目养神，这让喵豆突然有些明白，叶子为啥非得让自己陪着她去看海。

叶子的生日就是父母的忌日，如果这一路走

下来都是她一个人，或许真的会憋疯吧。不用应酬，不用开车，也不会有人追问为什么，闭眼装睡就行，还有本喵全程打理。这么想想，喵豆觉得自己还真是物超所值。

喵豆把行驶速度控制在最佳能效比的区间内，一路不停留，拂晓前就可以到达碧海，应该能赶上日出。当然，叶子的任务是睡觉，喵豆的任务是导航，房车自己开自己的。

夜空中星河璀璨，时间仿佛沉入河底，渐渐凝固。喵豆突然觉得自己理解了身边这个臭屁的小女孩。或许，她只是害怕，害怕自己孤零零地一个人面对永恒。

喵豆凝望着漫天星斗，进入了休眠状态。

一个阴暗的房间，没有窗，亮着灯。女人静静地坐在梳妆台前的凳子上，旁边是一个瘦弱的小女孩。一台虚拟钢琴铺展在梳妆台上，小女孩面无表情地弹着。女人时不时用一把戒尺打在女孩的手腕或后背，女孩依然面无表情，也不停下，并把前面的小节重新弹了一遍。时间一分钟两分钟地熬过去，无论女人还是小女孩，始终没有表情。

还是同一个阴暗的房间，没有窗，亮着灯。小女孩正跟男人嘻嘻哈哈地互相扔着枕头，女孩在床上，男人站在梳妆台前。这时，女人进来了，手里拿着几张纸。小女孩和男人顿时停下，整个房间仿佛被定格了。女人把纸递给小女孩，小女孩面无表情地爬下床，站在地上，却没有去接那几张纸。男人劈手夺过纸，看了一眼，是考试卷子，88分。女人冷冷地从男人手中扯过卷子，慢慢地把卷子撕成了碎片。小女孩夺门而出。

依然是那个阴暗的房间，没有窗，亮着灯。大床前，男人愤怒地挥舞着双手，女人沉默地坐在梳妆台前的凳子上，壁灯的光线被调得很暗，两人的身影都模模糊糊的。男人突然扬起手，打翻了梳妆台上的水杯，杯子里的水瞬间倾倒在桌面上，又顺着桌沿一滴一滴洒落在地板上。她沉默着，不紧不慢地从餐巾纸盒里抽出一沓纸，一层一层地盖上去，静静地看着水印在纸上晕开，浸满，纸变成半透明的薄薄的一层烂泥。男人怒不可遏，举起倾倒的杯子用力砸向梳妆台的镜子，玻璃碎片四射开来。画面立刻变得支离破碎，每一片上都有一只眼睛，冷漠而孤寂。

喵豆猛然惊醒，原来刚才的一切都是梦。这好像是它第一次做梦，宠物猫从理论上讲是不可能自己做梦的。喵豆惊魂未定地四下打量，看到叶子躺在床上，满脸泪水。它犹豫了一会儿，终于还是决定不叫醒叶子。它静静地卧下来，把叶子脸上的泪水一点一点舔干。喵豆回忆着刚才的梦，突然意识到，自始至终竟然一点声音也没有，就像被按了静音键。

喵豆看了一眼窗外，天色已经一点点亮了起来，从漆黑变成藏蓝，又从藏蓝变成泛白的蓝青，满天星斗渐渐隐没其中，几朵云彩飘着，原本还泛着暗黑，眨几次眼的工夫就变得雪白了。再抬起头，天又亮了一大片。太阳的出现让它有点猝不及防，因为并不是匀速上升，而是远远的一大片亮光闪啊闪啊，突然就蹿出鸡蛋黄般的太阳。这个时候的太阳，丝毫没有光芒四射的刺目，而是温暖的橘红，一下子跳出地平线，染红了半边天，让人舍不得挪开眼。盯着盯着，说不上是从第几分钟开始，突然又让人睁不开眼了。喵豆舔了舔上嘴唇，正要洗脸，看见身边的叶子已经醒过来，正趴在床上盯着太阳看。

“喂，傻丫头，你不要眼睛啦？这么盯着太阳看，会瞎的。”喵豆龇着牙，把房车玻璃调暗了一档,“土老帽,没见过啊? ”

“没。渠城看不到日出,只能看见天亮。”叶子淡淡地答道。

“为啥? ”喵豆尝试着回忆,“因为楼房太多了看不见? ”

“不,是尘霾。”叶子翻了个身,仰面望着天空。喵豆这才想起来,渠城是垃圾处理中心,焚烧垃圾产生的烟尘虽然经过了净化, 但依旧架不住垃圾总量那么大,有霾才是正常的。不过,平时倒也没看出来有多大影响,只感觉每天都是阴天罢了。

叶子抬起手,用力伸向天空:“天好蓝,蓝得像一片海,那几朵云就像浮在海面上还没融化的冰。好想抓下一朵来尝一尝,是不是透心凉? ”喵豆忍不住跳上叶子的胸口, 仔细打量她的脸,这丫头还从没一口气说过这么多话。那一刻,叶子的脸上写满了寂寥。这可不是一个十四岁少女应该有的表情。

很快,房车就抵达了目的地。

从远处看,碧海是绿色的,如同一块碧玉镶嵌在苍茫的大地上。而走到湖边却发现,碧海的水跟天一样蓝,朝天边铺展开去,海天一色难辨界线。湖畔是一片又一片的草坡,上面散缀着五颜六色高高低低的野花,一阵风吹来,那些花就摇曳起来,衬着漫坡的翠绿,实在令人赏心悦目,惬意得很。碧海的左边有一大片乱石滩,一条蜿蜒的河水在阳光下闪着粼粼波光,正源源不断地把一抹透亮的蓝注入碧海之中。

“不是大海?”叶子有些失望。

喵豆舔了舔爪子,决定不回答,因为没啥可说的。

“要去哪里才能看到大海?她总是说,是那片海带给她希望。”叶子打开车门，走向湖边。喵豆忙不迭跟了上去。

水很凉，至少喵豆觉得凉，所以一爪子踩进水里之后，它嗖地跳上了岸边的大石头。可叶子没停下，她带着古怪的微笑，一步一步往深处走去。湖水没过了她的脚趾，没过了她的脚踝，没过了她的小腿肚子，没过了她的膝盖，可她一点停下的迹象都没有。

喵豆急了，大叫：“喵呜！回来！水很深！你会被淹死的！”

叶子咯咯笑着，举起双臂，抬头做出拥抱蓝天的姿势：“天好蓝，水凉得就像那朵云。”她一边说，一边断掉了与喵豆的连接，继续朝湖水深处走去，步履坚定。喵豆吓得魂飞魄散，虽然叶子不是它的主人，可毕竟是临时监护人，它怎么能眼睁睁看着她去死？然而，宠物猫的功能列表里绝对没有游泳。

“喵呜！回来呀！不要吓我！”喵豆的叫声已经带上了一点点撒娇的意味，虽然它也知道撒娇对叶子可能没啥用处，还是立刻躺在大石头上露出肚皮，躺平任撸。可叶子依旧头也不回地朝前走，水已经没过了她的胸口。

这时，突然从一块大石头后面转出一艘快艇，一个人伏在船帮上，一把抓住叶子的后衣领，伴着突突的马达声，没过多久船就驶回到浅水区。那人继续拖着叶子滑行，直到船底搁浅在湖岸浅滩。他先是松开揪着叶子衣领的右手，一撑船帮挺身站了起来，利落地翻身跳下船，接着再次俯身抓住叶子的后衣领，像拎麻袋一样把叶子拖回岸边，一甩手扔在岸上。整套动作如行云流水，让人赏心悦目，喵豆简直想鼓掌叫好，如果拍爪子能算的话。

“娃娃,不要做傻事。”那人胡乱抹了一把脸,大声说道。他看上去四五十岁模样,一脸络腮胡子,声音如钟鼓般洪亮而有穿透力。

喵豆赶紧冲到叶子身边,帮叶子把脸上的水舔掉:“吓死本喵了。”

叶子仰面朝天躺在岸上,闭着眼,面带微笑,拒绝喵豆的直连。她的衣服全湿了,贴在身上,显现出少女正在发育的曲线。

那位大叔回到船上捡起一件外衣扔给叶子,让她披上。随后,他蹲下身子,正要说什么,突然愣住,喃喃地说:“这娃娃,长得真像一个人。”

喵豆不乐意地顶嘴道:“废话,她可不就是个人!”

胡子叔闻言嘿嘿笑了起来:“你这猫看着就金贵,来,我给你看点东西。”他一边说,一边弯腰扯起叶子,架着她站了起来,示意喵豆和叶子跟自己上船。喵豆刚想表示反对，叶子却满不在乎地起身上了船，喵豆也只好跟着跳上船头。

胡子叔划着船，七绕八绕地从大石头后面开进一条被乱石挡得严严实实的小河浜。怪不得一开始喵豆没发现附近有船有人。他们划了差不多一公里，看到不远处有个小码头。胡子叔靠岸，拴好船，引着他们往岸上走去。穿过小树林，林地后面是一片草坡，草坡顶上有一座小木屋，宁静而质朴。隔着一米高的篱笆可以看见，屋前是碧绿的菜畦，种着青菜、辣椒、豆角、黄瓜和烟叶。叶子这时候已经恢复了行动能力，但仍是一脸冷漠，拒绝与喵豆直连。

胡子叔走在前面，还没走到院门口就听见一阵狗叫声，把喵豆吓了一跳。“瓜娃，叫啥呢，来的是客人。”胡子叔率先推开院门，一边喊着，一边把冲到屋外的大黄狗拢住，不让它扑上去咬喵豆。而喵豆此刻已经蹿到叶子的肩膀上低声嘶吼着,不甘示弱。

胡子叔把大黄狗拴在树上,然后招呼叶子和喵豆进屋, 又找到一块八成新的大毛巾扔给叶子:“擦一下,不要着凉了。”叶子倒也不矫情,接过毛巾就开始擦头发,等头发擦得半干,就把毛巾裹在了身上。趁叶子擦头发的当口,胡子叔又从柜子里拿出一个黑漆漆的铁皮盒子,从里面翻出几张照片递给叶子:“娃娃,你看一下子,跟你长得是不是一样咧?”

叶子接过照片,没吭气,双手却忍不住颤抖起来,越抖越厉害。喵豆好奇地跳上叶子的膝盖,探头看了一眼,照片上竟然是叶子的爸妈。他们就坐在叶子现在坐的这个位置上, 裹着被单,头发上还滴着水。叶子爸爸略显尴尬,叶子妈妈则一脸冷漠,与叶子现在的表情如出一辙。

07

大叔

胡子叔是碧海的护林员，在这里守了二十多年。他告诉叶子和喵豆，十多年前，他也像今天这样，从碧海里救了一个姑娘，只不过，那个姑娘的同伴是个小伙子。那天，也是在太阳升起之后没多久，他听见有人大声呼救，正好他划着船在捞水藻，就赶紧划了过去。当时，那两个人都已经进入深水区了，在水里一阵扑腾。胡子叔赶紧扔了救生圈下去，女人推开救生圈继续往水里沉，男人一把抓住她的胳膊，不让她走，女人还拼命想要掰开男人的手。胡子叔见状，一桨下去把女人拍晕了，然后示意男人用救生圈套住女人，男人抓住救生圈，而他则用船拖着救生圈，把两个人一起带回了岸边。

“我一开始还以为是小情侣闹别扭，后来那男娃说根本不认识那女娃，他是女娃雇来的司机。”胡子叔点着了火塘，招呼叶子和喵豆围着火塘坐下，一边抽着旱烟，一边唠叨，“对了，那天他俩坐的位置就跟你俩现在一模一样。女娃也是坐在那里擦头发，不过她的头发长得很，到腰咧。”

“那后来呢？”作为宠物猫，喵豆当然懂得听故事的标准姿势，赶紧讨好地问了一句。

“后来？我就问他俩从啥地方来。”胡子叔若有所思地说，“那个男娃说，他是渠城本地人，就在渠城和内城之间开车送货，偶尔接点私活。那个女娃没有说话，给了我一沓钱，又扔给我一把匕首。男娃说那是感谢我的救命之恩,一定要我收下。”

叶子飞快地扫了一眼喵豆，喵豆马上领悟：“大叔,那匕首是啥样子的呀?能让咱也瞅瞅不?”

胡子叔在火塘边上磕了磕烟斗，笑着说道：“有啥不能的? 不过我早就把那匕首扔了，不吉利。”

“啊?!”不等叶子再递什么眼神,喵豆已经瞪圆了眼睛大声问了出来,“什么不吉利啊? 扔哪去了?”

“他们走了以后没多久，就有一群凶神恶煞的打手跑到湖边来找我要人,还把我打了一顿。”胡子叔又抽起了旱烟袋，眼神中透着一丝狡黠，“我最讨厌野蛮人,就跟他们说那女娃娃淹死了。要捞尸体的话得给老子十万信用点,不然就自己去捞,因为湖水有毒。”

“啊？他们是傻子吗？这都信？”喵豆忍不住跳了起来，围着火塘跑了好几圈。

“我没骗他们。这个湖里没有鱼，重金属超标。原本这就是个内陆湖，靠两条内陆河注入的河水来平衡蒸发的水量。可自从上个世纪以来，重工业和矿业的发展让那两条内陆河都被严重污染了，大量重金属流入碧海。你们两个还小，大概不懂，流入碧海的水会因为蒸发而流失，重金属则会沉淀在湖底，越积越多。日积月累，碧海就成了毒海，这个地方就再也没人来了。”胡子叔在火塘边敲敲烟斗，一脸饱经悠悠岁月的高深莫测。

“喵了个去！”喵豆惊呆了，“那叶子今天喝了那么多水，不是要被毒死了？”

“哈哈哈哈。”胡子叔笑出了声，“不会不会。有专家研制了一种藻类，专门吸收重金属，而我就每天捞水藻，然后定期把水藻送去渠城处理。

不然你以为内城为啥专门给我一个编制，让我在这里做护林员？”

“哎呀，大叔骗人！”喵豆为了掩饰自己的愚蠢，立刻躺在地上敞开肚皮撒娇——俗话说得好，躺平任撸。

胡子叔乐呵呵地摸了摸喵豆的肚子，又接着说：“我这个人呀，过不惯城里的日子，就喜欢一个人在这湖边，原生态。一个人吃饱全家不饿，种点粮食蔬菜，养上几只走地鸡，冷了就烧火塘，热了就下水扎个猛子。其实，日子不就这么一天天过吗？真不明白那些城里人，整天寻死觅活，是图个啥呢？”

喵豆想了想，没想明白，就直接问胡子叔把匕首扔在哪了。胡子叔指了指屋后，说道：“后面坡坡下面，有个洞洞。”

于是，喵豆立刻带着叶子去看洞洞。

胡子叔所说的洞就在屋后的土坡下面，看上去不像什么天然洞穴，更像是个被弃置的窑洞。喵豆还在想要怎么探险，叶子却不动声色地打开随身携带的手电，大步冲进洞里。喵豆正打算跟进，叶子却又猛地冲了出来。

“咋回事？里面啥情况？”喵豆不解地问。

“土，没法看。”叶子摇摇头。

“能有多土？”喵豆觉得是不是叶子眼光太高了，一个窑洞还能有多精致。

“就是很多土。”叶子摊开双手，咧开嘴，堆出一个假笑。

喵豆赶紧进到洞里一看，顿时觉得自己又被耍了。没错，确实有很多土，一进去就踩在土堆里，陷下去半个身子。这个洞也就十平米见方，高度不超过三米，里面堆着一个松松散散的大土包，很有可能是胡子叔平时倾倒火塘灰的地方。

喵豆暗骂叶子不地道，也不提醒自己一句，正要拔出爪子准备转身离开，脚下却踩到一个硬邦邦的东西。喵豆犹豫了一下，终于还是没忍住好奇，开始飞快地刨土。还好，跟平时刨猫砂差不多，就是灰大了点，呛鼻子眯眼睛。不过喵豆身为一只宠物机器猫，根本不在乎这些。很快，它就发现了那把匕首。喵喵喵，得来全不费工夫。

这是一把非常精致的匕首，形如凤尾，刀身长约十五厘米，刀锋锐利，精铜制成的刀柄线条流畅，手感极好，刀柄上还镶嵌了玛瑙和玉石，组合成了复杂而精美的图案。最让喵豆感到不安的是，刀面上靠近血槽的部位镌刻着一幅图案——三叶草和双匕首。

喵豆趾高气扬如献宝般叼着匕首，不顾一脸一身的灰，屁颠屁颠地将它递给了叶子。叶子用左手接过匕首，并没马上察看，而是拿起擦头发的那块毛巾，把喵豆脸上身上的灰全都抹干净了，才认认真真翻来覆去地检查起匕首来。她抚摸着匕首上的图案，问道："在哪里找到的？"

"当然是土里。"喵豆得意洋洋，不是因为找到了匕首，而是因为叶子主动给它理毛。铲屎官就要有铲屎官的自觉性，这孩子还算上道，孺子可教也。

叶子低下头，一言不发，不知道在想什么。突然，她从身上掏出在垃圾处理厂密室桌子下面挖出来的盒子。叶子从盒子里取出那把旧口琴，口琴的边角碎了，缺了一大块。叶子把口琴递给喵豆，口琴上赫然雕着三叶草和双匕首，图案跟匕首上的一模一样！

喵豆瞠目结舌地看着叶子收好匕首，举起口琴，又吹奏起那首曲子。

配着如水的月光，喵豆不禁生出几分流年似

水的感慨。毫无疑问，这个来寻死的女子，就是叶子的母亲。

人生不如意十之八九，常想一二，不思八九。喵豆突然想起这句话来，却忘了是谁说的。死，是最简单粗暴的解决方案，虽然很无奈，但往往能够解脱。无论如何，喵豆觉得还是得问一下叶子到底想怎样。“那个……啥……啥来着。”喵豆窃窃地说，“叶子啊，然后呢？咱们要去哪？”

叶子吹完一曲，愣愣地望着天空。一条璀璨的星河闪烁着，跨越了时空，在一片夜色中驻足。

“你说你想看大海，我带你来了。”喵豆努力组织语言，“那接下来，咱们是继续留在这里哀悼，还是去帮我找我的主人？”破罐子破摔，直接问吧。

“她原本就想死，最后还是死了，只是，多了一个我。”叶子依然仰面朝天，眼睛里渐渐泛起一层水雾,“也许我根本不应该存在。”

喵豆明显感觉到少女内心的波动,却什么也说不出口,只能依偎在叶子身边,舔她的手。

“这个世界,有我没我都一样。”叶子继续说着,“也许,没有我,至少爸爸还活着,甚至很幸福。”

“呃,那个那个,喵了个去,你要不要查一下匕首和口琴的来历?还有图案。看上去都不是什么普通货色。”喵豆尽量打岔,希望能够分散叶子的注意力。

叶子抬起手,看看手里的口琴,突然站起身,狠狠地将它砸在石头上,原本就已经破旧的口琴顿时碎裂开来。没等喵豆想明白该做何反应,叶子立刻扑在地上,捡起被摔碎的口琴,如同宝贝般捧在胸口,泪水如断了线的珠子不停地滴落在口琴上。她张大了嘴,却发不出半点声音,喵豆甚至感觉不到她的呼吸，好像一口气卡在喉咙口，上不来下不去，只能看见她的胸腔起起伏伏，肩膀高高低低地耸动着。她一边哭，一边紧紧攥住口琴，另一只颤抖的手还在地上摸着，把四散的口琴碎片拢到一处。

叶子的情绪一下子激动起来，跟喵豆的连线直接断掉了。这是熔断机制，当对方情绪过于激动，大脑内的意识接近风暴状态时，为防止外界刺激进一步加剧大脑的反应，脑机直连会立即中断。喵豆知道，这种时候，当事人非常有可能陷入严重的精神失常状态，必须小心再小心。喵豆赶紧冲上叶子的肩头，舔着她的脸颊，尝试着抚慰她。万一能有点用呢？

突然，有雨点落下，叶子顿时停下了所有的动作，一动不动，如同雕塑。她的右手紧握，攥成一个拳头，指缝间一滴一滴渗出鲜血。喵豆吓了一跳，赶紧去舔叶子的右手。它一边舔，一边用爪子按在叶子食指和中指根部的骨缝处。小乙教过它，使劲按那个部位，拳头就会松开。果然，叶子紧握的右拳松开了，喵豆早有准备，用舌头舔了一下，不动声色地把一个被叶子紧紧握在手中以至于割破掌心的口琴碎片卷入舌下。碎片上面刻着那个三叶草加匕首的图案。

在喵豆的引导下，叶子站起身，如提线木偶般，喵豆走一步她就走一步，喵豆停下来她就停下来，神情木然，目光呆滞，比喵豆更像机器人。那一瞬间，喵豆突然很心酸，为自己，也为叶子。虽然叶子不是它的主人，共情模块不应该有效，可它就是对她毫无抵抗力。那并不是保护主人的冲动，而是真的心灵相通，就像……同为被抛弃的对象，共同拥有的心碎吧。

喵豆引领叶子回到小屋，胡子叔摇了摇头，

什么也没说，只是转身抱了一床被子铺在沙发上。喵豆眼中的叶子从来没这么听话过，大叔让她躺下她就躺下，让她闭眼她就闭眼，这么反常的举动真是让喵豆的心都碎了。好不容易把叶子安顿好，喵豆蹲在沙发靠背上，一阵叹气。

“没事的，睡一觉就好了。”胡子叔见状，安慰起喵豆来，“当年啊，那一对年轻人也是这样。男娃守了女娃一个晚上，第二天，女娃倒跟没事人一样，跟着男娃走了。这不，闺女都这么大咧。”

喵豆心想，那是叶子她爸拐了叶子她妈，可自己跟叶子究竟算怎么回事嘛。

胡子叔熄了灯，回屋睡觉去了。喵豆愣愣地守着叶子，很快，也进入了休眠状态。

“爸爸，这是什么？”一个小女孩的声音问。

“口琴呀。”男人一边用轻快的语气回答，一边举起小女孩，“看到远处那条白线了吗？那就是海，是我遇到你妈妈的地方。她总是说，是那片海带给了她希望。”

小女孩咯咯笑着，小裙子在空中翻起一朵美丽的喇叭花。

“咱家穷，买不起真正的钢琴，可是，爸爸会做口琴。”男人说，“你呀，拿着口琴，随便走到哪里，都可以吹给妈妈听。”

女孩望着蓝蓝的天和天边那一道白线，开心地笑着，手里紧紧握着口琴。

啪！口琴被女人扔在墙角。

女人冷冷地望着女孩：“有时间多做几道题，多练一会儿钢琴。这些小玩意都是乡下人的把戏。你必须考进内城才有出路，学会钢琴才能被上流社会接纳。不要再耍小聪明，你没有多少时间可以浪费了。”

男人心疼地抱着啜泣的女孩，愤怒地对女人

喊道:“你怎么可以这样！她只是想给你一个惊喜,用口琴吹你写的曲子,祝你生日快乐！”

女人静静地望着他们,拿出一沓卷子:“要我快乐,就考好一点,考进内城去。生日有什么可庆祝的？不过是一个悲剧的开始。女孩子,必须自立,才能幸福。”

08

内城

碧海的早晨是静谧的,伴随着乳白色的晨雾和橘红色的层云。今天的日出跟昨天很不一样,昨日那种磅礴弥散在雾气中,剩下的只是朦朦胧胧。

一早起来,叶子就恢复了正常,主动跟喵豆连通,又主动跟胡子叔打了招呼。大叔对喵豆笑了笑,意思很明显,没啥大不了,睡一觉就好了。叶子收起匕首和口琴,给胡子叔深深地鞠了一躬。胡子叔没说什么,挥了挥手,叹了口气。

离开小屋之后，叶子告诉喵豆，可以去帮它找主人了。

“你是怎么捡到我的？”喵豆急不可耐地问道。

“拾荒，捡垃圾。”叶子的态度非常诚恳，让喵豆想挠人。

“我不是垃圾！”喵豆气急败坏地嚷嚷着。

“嗯，如果你能找到回房车的路。”叶子摊开双手，戏谑地望着喵豆。果然，这才是叶子该有的态度。

有定位系统，回到房车根本就不是问题，喵豆甚至遥控房车开到小屋附近不到200米的地方。然而，叶子并没有正面回答它的问题——它怎么可能是垃圾?!

在抬脚踏入房车的那一刻，叶子突然发问：“所以，你还记得你的主人是谁吗？”

喵豆努力回忆，仍旧只记得主人叫小乙，却不记得他是谁，住哪里，长什么样子。很奇怪，系统找不到主人的信息，可状态却显示“有主”，不然，早在它醒来的第一天就被确权了。

“不记得也没事。”叶子显然看出了喵豆的尴尬和沉默，赶紧补了几句，“有出厂序列号应该就可以找到你的交易记录，也就可以找到你最后的主人。”

回到房车，叶子转了转脖子，活动了一下筋骨，压腿下腰，反手摸肚脐，双手后背合十，来了一套。喵豆还是第一次见到叶子做运动，心想，这孩子的柔韧度还真不错。

“这一套动作，谁教你的？”喵豆问。

“你不会吗？”叶子一如既往地翻了一个白眼，用提问来回答。

“我是猫！”喵豆也一如既往地用看白痴的眼

神睨视叶子,希望她能好好领悟。

“你到底会啥?”叶子继续做拉伸动作,语调平稳,语气不善。

“本喵会的,那可多了去了。”喵豆跳上驾驶台,仰起头,端坐在叶子正前方,“我会导航,能上网,能操纵各种智能设备,还会智能分析,有情感感知和预判干预,还有……”

没等它说完,叶子就打断了它。她站在喵豆面前,双手撑在它的身体两侧,一张脸几乎贴在喵豆的鼻子上。“这些功能,所有便携式智能机都有。你要是有本事,为啥被逼得走投无路?”

喵豆一下子被噎住了。“我才不是走投无路呢!”它愤愤地退了两步,跳下驾驶台,绕到叶子身后。

叶子转过身,盘腿坐在地板上,双臂交叉抱在胸前:“所以,我们接下来要去哪里?”

喵豆想了想，这不是之前自己问叶子的问题吗？怎么转了一圈，变成叶子问自己，还好像是自己欠她一个回答一样。臭丫头，有话从来不好好说，这毛病真得改。

“叶子，你不打算追查你母亲的身世吗？你恢复记忆了没？”喵豆决定不跟小孩子一般见识，还是正儿八经地谈点正事比较好。

“这么多年她既然从未提起，就是不想让我们知道。”叶子的语气相当成熟，带着一种沧桑的豁达，“先帮你找主人，说到要做到。”

喵豆虽然不喜欢叶子的臭屁，但对她这种态度还是非常满意的：“好，那咱们先进内城。要进城需要特批的许可证，你是孤儿，可以直接申请报考内城第一高等技术学院。我查过你的成绩，出事前，你的成绩一直都很好，要通过考试，对你来说，准备几天就行了。”

“不用准备。”叶子抬起手，表示不接受异议。

喵豆撇撇嘴，对这个自大的丫头也只能腹诽了。“我现在申请，插个队，明天一早就能参加考试。我先往内城开着，你去休息吧。”

第二天的考试异常顺利，叶子只用了一半的时间就答完了所有的题，成绩还高出录取线一大截。很快，她就收到了内城特批的许可证。

按照他们现在的车速，傍晚就能到内城了。渠城、内城、碧海，其实是个大三角，中间隔着戈壁。

快到内城的时候，已是夕阳西下。暗红色的落日温柔地悬在地平线上，半边云霞透着红光，被镶上了一道金边。一望无际的戈壁此刻就差一条大河，便可以配得上那句“大漠孤烟直，长河落日圆”了。喵豆突然想到碧海，此时此刻，应该是那里最美的瞬间吧。

喵豆和叶子没有说话，就那么望着夕阳一点

一点沉入地平线，又眼看着一轮硕大无朋的明月一点一点升上半空。那月亮一开始是明黄色的，还带着点温度，不多时，便越发皎洁起来，明晃晃的宛如刀光。

叶子突然抬起手，指着正前方那条影影绰绰高低不平的天际线。喵豆点了点头，是的，前面就是内城了。

进门的手续一如既往地烦琐，需要各种验证，好在喵豆早就准备好了一整套相关材料。哼，本喵会啥？本喵会的东西多了去了，就是懒得跟一个小屁孩一般见识。喵豆领着叶子轻车熟路地一关一关通下去，在留了指纹、虹膜、生物样本之后，他们终于走进城区。

整个内城被一个巨大的能量罩保护着，其防护系统会对每个靠近内城的不明物体进行身份识别，未经授权者，无论人或物，都会被高能粒子束击中，瞬间灰飞烟灭。能量罩只允许氧气、二氧化碳和氮气分子通过，当然可见光也可以完全透过，而微波通信就会被部分拦截。所以，内城与外城的联系，通常还是得通过官方网络。

叶子原以为内城到处都是人，毕竟人口密度要比外城高得多。然而，真要跟外城比起来，拥挤的不是街上的人，而是建筑物。一栋栋高达数百米的大楼林立着，宛如钢筋水泥的森林，灯火通明，把大半个夜空都照亮了。密密麻麻的窗户一个挨一个，如同被放大数千倍的昆虫复眼，冷冷地俯瞰着地面上一个个渺小的行人。

叶子仰起头，半张着嘴，那神情说不清是崇拜是艳羡还是畏惧抑或诚惶诚恐。喵豆看着叶子傻乎乎的模样，甭提多爽了。它歪了歪脑袋，捋了捋胡须，指挥着已经通过检查的房车开到叶子面前。

“上车吧，土包子。”喵豆说，“要是本喵不出手，臭丫头你还在臭烘烘的垃圾堆里捡垃圾呢！”

“嗯，所以捡到你了。”叶子回过神来，板着脸上了车，盘腿坐在地板上，倒好像是喵豆欠了她八百信用点。

喵豆嗖地蹿上车，继续在叶子面前耀武扬威：“哼，本喵不跟你一个小屁孩置气，本喵可是独立自主高大英武炯炯有神人见人爱花见花开的侠客喵，是命中注定要干大事的喵！”

叶子眼疾手快，一把抓住喵豆的强制抓取区将它拎了起来，没等它发出抗议的怒吼，叶子就把它放在腿上，手法娴熟地开始撸猫。喂喂喂……喵豆做了不到一秒的内心挣扎，就安心地享受起来。就当是叶子在讨好自己吧，这也是本喵应得的。

房车朝着内城第一高等技术学院开去，一人一猫都没有说话，也没有打开房车内的灯，只是静静地看着街两旁光影绰绰，不时有或明或暗的光投射到彼此的脸上、身上。一时之间，喵豆突然觉得叶子的手很柔软很温暖，就跟小乙一样。

第一高等技术学院离城门不算太远，他们慢慢悠悠开了半个小时。入学手续比进城的手续简单多了，对于优等生，学校提供免费食宿，也允许学生住在校外。要想找小乙的话，还是住在校外比较好，所以喵豆跟叶子决定住到校外的房车营地去，那边收费低廉，容易隐匿行踪。

房车营地距离学校大约五分钟车程，他们没花多少时间就安顿好了一切，饶是如此也已经大半夜了。叶子没说什么，倒头就睡。

“啊……啊……啊……”女孩发出一连串尖叫，声音沿着烟囱的内壁四散回响。女孩继续速降，速度越来越快。

“慢一点！”男人在她身边的另一条索道上不

断提醒她控制速度，并保持着跟她相同的降速。

“爸爸！我在飞呢！”女孩高声欢笑着，却始终没有把速度降下来。终于，他们到达了地面。“爸爸，我棒不棒呀？我会飞了！”刚一落地，女孩就乐颠颠地抱住爸爸的腿。

“叶子永远都是最棒的。”男人笑呵呵地摸着女孩的头。

一个女人突然从阴影里走了出来，站在父女面前，一脸冷漠的排斥：“速降是有危险的，你们也不是什么超人，有门有楼梯，咱们正常一点，好不好？”

“小雪，速降其实是很安全的运动，何况有我看着呢。”男人看女孩泫然泪下的模样，心疼地据理力争。

“女孩子学这些有什么用？要想掌握自己的命运，只能靠自己。她没有靠山，无论你我都靠不住,她只能靠自己。”女人用极其平淡的语调说着冰冷的话,“她必须考进内城的学校,才有可能过上好的生活。”

男人有些不高兴地搂着女孩:“渠城又有哪里不好了? 凭叶子的成绩,毕业以后肯定能混个公职,至少吃喝不愁吧? ”

“吃喝就是人生的一切吗? 一辈子拾荒捡破烂? ”女人伸出手,拉住女孩的胳膊,“你我的人生一眼就能看到头,可叶子还小,她还有无限可能。不要再浪费时间了。”

女孩不敢反抗,被女人拉着朝前走去,可她的啜泣声在黑暗中是那么刺耳。

男人大声吼道:“既然你那么想让叶子过上你曾经的生活,你自己为什么要留在这里? 你自己做不到的,就一定要叶子来背负吗? 你这样做,跟你奶奶又有什么两样? 不都是强迫别人过自己想要的生活吗？”

女人闻言低头看了看哭泣的女孩，放开了手，独自向前走去。女孩哇的一声大哭起来，追上去抱住女人：“妈妈，妈妈，不要走，我听话！我去做卷子弹钢琴，妈妈不要走！”

女人回过头静静地看着女孩，双手按在女孩的肩头：“你不需要讨好任何人，记住，你只需要做自己，对得起自己就好。其他的人或事，哪怕是你的爸爸妈妈，都无关紧要。”说完，她掰开女孩的手，甩开，消失在一片黑暗中。

痛彻心扉，不知所措，这就是喵豆醒来之前最深刻的领悟。它已经明白，这几天每晚所看到的，都是叶子的梦，只是不知道，那些是梦还是叶子丢失的记忆。喵豆静静地卧在叶子身边，听着她的啜泣声越来越轻，呼吸一点点平稳下来。她应该还在梦里。

天光大亮，喵豆醒来，看到叶子躺在身边，她一直藏在袖子里的手臂裸露在外，那上面伤痕累累，新伤压旧伤，都是刀痕。喵豆无声地陪着叶子梳洗，它还没想清楚该怎么跟叶子提那些梦，还有那些疤。或许，装不知道是现下最好的选择。

一切准备就绪之后，喵豆带着叶子下了车。他们沿着小路，从一排拥挤的高楼间穿出，眼前豁然开朗。一片片鲜活的草地，一排排成荫的绿树，数人合抱的大树彼此枝丫相交，浓密的树荫如华盖般笼罩着宽阔的大道，一路向前。叶子从来没见过这么多参天巨木，她眯起眼睛，一边走，一边仰着头，任阳光透过斑驳的树影投在她的头上、脸上、身上。

学校坐落在一个人工湖旁边，是高低错落的哥特式建筑。几座尖塔仿佛飘浮在空中，仔细看才发现，是巧妙地利用了透视技术，把对面的景象投射在塔座的墙壁上，人的视线就“穿越”了过去，而尖塔也就看似飘在空中了。除此之外，另有莹莹之光从底座一路蜿蜒而上，那是著名的天梯。天梯的每一个浮阶都是一平米见方，两个浮阶之间间隔两米，在空中有序地缓缓移动，宛若溪流时聚时散。来人只需在进门的时候输入要去的学院和教室，浮阶就会自动编程，把他送到目的地。这个天梯已经是内城的一大景观了，看着一个个学子“一步登天”，颇有些踏破虚空位列仙班的荣耀。

叶子一路都很沉默。在报到处注册完毕之后，她和喵豆来到装潢精美的学生餐厅，这里有奢华的家具、华丽的吊灯、精美的油画、丝织的窗帘，再加上彬彬有礼的机器人侍从、高贵典雅的音乐和一排排精致的食物。免费的一日三餐都是自助餐形式，早餐有各式奶酪、培根、香肠、熏肉、烤肉、烧鸡、鸡蛋、沙拉、蔬菜、浓汤、麦片、面包、蛋糕、水果、奶茶、咖啡，等等，甚至还有叶子梦寐以求却从未尝过的冰激凌。跟渠城比起来，这里的学校简直就像天堂。然而，叶子没吃几口，她似乎一直在思考。

“所谓鸿沟，不在于你是否理解，而是你从来不知道还有另一个选择。”叶子对喵豆说，“这是我母亲说的。”

上课很简单，都在线上，老师慷慨激昂地讲了一堆。背景、现状、未来、不同历史时期的主流观点、不同观点的碰撞、其他领域的相关研究，等等。然后，老师又提出几个开放式的问题，等着学生去对比海量的资料，得出自己的结论，拿出鲜明的证据，捍卫自己的观点。上课下课，同学们发言非常积极，甚至会吵起来，而老师就一脸微笑地鼓励学生发表自己的观点，偶尔旁推侧引，为某个学生的发言提供佐证。

一堂堂课听下来，喵豆只觉得头昏脑涨，叶子却越来越精神。“渠城只有标准答案，因为垃圾处理就那么几个流程，而拾荒也就取决于有没有人收，跟你自己的想法无关。”叶子说，“而这里，没有答案，有的只是你探索答案的过程和思维模式。”

喵豆听不太懂这么哲学的东西，不知道该如何回答，只能尴尬地笑一笑，捋捋胡子。

“我突然有点明白，为什么母亲一定要我来内城。”叶子说，“渠城在意的仅仅是活着，对错都是由别人来决定的；而内城在意的是怎么活，对错是自己去判定的。”

09

小乙

下午三点，开课第一天很快就过去了。对喵豆来说，是困得要打哈欠的三百六十分钟，对叶子而言，却是打开了一扇通往异世界的门。这个世界与渠城完全不同：渠城阴冷、灰暗、死寂、冷漠、毫无希望，人们日复一日地挣扎在温饱的边缘；内城阳光明媚、生机盎然、充满活力，人们永远都在思考和探索未来。然而，叶子的内心深处总是隐隐觉得哪里不对，这让她很是烦躁。

回到房车之后，喵豆若无其事地一直在叶子

身边晃悠,时不时用尾巴扫一下叶子的腿,又跳上跳下姿态优雅地踩了踩键盘,仿佛是在测试自己能否从键盘上走过而不发出声音。

“有话快说,有屁快放。”叶子双手抱头,躺在地板上。

“我查到, 我是从第 52 街区被送进回收站的。”喵豆停下来,舔了舔爪子,竭力掩饰自己的焦虑,但结果显然是欲盖弥彰。

叶子没说话,索性闭上了眼。

喵豆忙不迭跳上叶子的肚子,走到她的胸口蹲下来, 然后急匆匆地伸爪拍了拍她的脸:“叶子,叶子,你说过帮我找主人的。”

叶子翻了个身,把喵豆甩在一旁:“然后呢?”

“咱俩去 52 区看看好不好? 万一小乙就在那里等我呢? ”喵豆又扑了上来,抱住叶子的腿。

“其实你没我也能查到这些,”叶子说,“可你为什么非得要我陪你？”

“喵了个去！”喵豆翻了一个白眼，“你没我也能去海边，那为啥非得要我开车？”

“我懒，你笨。”叶子一巴掌拍在喵豆的头上。没等喵豆发火，叶子已经站起身来：“走吧，傻猫。”

52区离房车营地只有两公里，所以他们决定步行。整洁的街道，巍峨的高楼，翠绿的草坪，参天的大树，在空中穿梭飞舞的飞行车，衣着光鲜面带微笑的行人……没错，回来了，喵豆如是想。如果仔细观察，不难发现，52区跟周围的场景有明显差异。他们一路过来，要么就是高楼大厦，要么就是绿化带和公园，然而52区的房子却都是奢华的深宅大院，繁花似锦，绿草如茵，雕梁画柱，层楼叠榭。一人一猫面面相觑，站在路口不知道该往哪里去。

正在犹豫，背后传来一阵狗叫声，间杂着嘲

弄。“汪汪，瞧瞧这是谁回来啦！”

“啊，是小废物的废物喵呀！汪汪！”

随后是一位老人的声音：“好啦好啦，哈雷，哈佛，别叫了，小心邻居又投诉。”

叶子回过头，面前是一位坐在轮椅上的白发老人，他身旁是两只机器宠物哈士奇。喵豆想都没想就冲上去，嘶哈一声，左右开弓，一抓一个准，挠在两只二哈的鼻子上，顿时一片呜咽和哀号。两只狗正要摆出攻击的架势，叶子从袖筒里抖出那个拉伸式的叉子，沉肩坠肘，叉头虚点，引而不发。

这时候，老人突然喊了一声：“摆个姿势呀，侠客喵！”

喵豆立即不由自主地后退一步，依惯例正襟危坐，面带迷之微笑，招财猫似的挥挥手，配上宏伟的《命运交响曲》，嘴里说道：“人类你好，本喵是独立自主高大英武炯炯有神人见人爱花见花开的侠客喵。很高兴认识你。”

老人哈哈大笑:“果然是喵豆回来了呀,有了新主人呢。这回你们俩可得小心点咯。”哈雷和哈佛虽然只是宠物狗，那也是高级宠物机器人,一眼就看出叶子不好惹,只得呜咽着躲到老人的轮椅后面去了。

叶子打了个手势，喵豆飞快地跳了回来,照例蹲在叶子肩头。“老爷爷,叶子不能说话,但能听,我帮她翻译。”喵豆说。

老人愣了一下，忍俊不禁:“你叫我老爷爷?不再叫我老头子了?”

“哎哟,喵了个去……”喵豆顿时又惊喜又惊惧,一个头有两个大,对方显然认识它,但与它的关系似乎好像大概不是特别融洽。

“哦哦,对了,新主人有权利把你格式化,恢复出厂设置。真是可惜了呢。”老人抬起手抚住额头。

“老爷爷，其实，叶子不是我的新主人，我什么都不记得了，这次就是回来找主人的。”喵豆半是尴尬半是希冀地望着老人。

“哦哦，这样啊。”老人皱起眉头，“那肯定是什么地方搞错了。要不，你们俩先跟我回家，我帮你们看看是哪里出了问题。”

老人就住在前面不远的一个花园洋房里，进了院子，里面是一大片草坪，草坪正中是孤零零的一棵大树，冠如华盖，绿荫如织。喵豆瞬间恍惚起来，它觉得自己肯定来过这里，太熟悉了。它下意识地朝着大树奔跑，一跃而起，利爪刺入树皮，钩住树干，一路向上快速攀爬，直到钻出浓密的树荫，暖洋洋的阳光洒在它的头上，略有些刺目。树顶有一个鸟窝，如今已经废弃了，没有小鸟。喵豆沿着枝丫驾轻就熟地蹦了几下，来到鸟窝边，从鸟窝里叼出一颗灰白色的椭圆形石头，上面画着水粉画，密密一捧满天星。这就是一颗普通的鹅卵石，上面的满天星还是喵豆自己画的，画得并不是很好，手法相当稚嫩。想当年，小乙说要学画画，捡了一堆石头来画，结果小乙画得怎样姑且不提，喵豆倒是玩得不亦乐乎。在喵豆胡乱涂抹的一堆石头里，这一颗是小乙最喜欢的，他一直当宝贝收着。有一天，喵豆跟小乙闹情绪，就把这颗石头藏在鸟窝里，却再也没机会还给小乙。

喵豆叼起石头，吞进肚子里，然后若无其事地跳下大树。它一定要找到小乙，亲自把这块石头还给他，还要跟他说对不起，以后再也不惹他生气了。

虽然老人的房子很大，可屋内的装饰却简洁而低调。一进门，就有好几个机器仆人围了上来，倒不是伺候老人，而是围观喵豆和叶子。“啊啊啊，喵豆有新主人了呀……这个新主人跟小乙长得很像呢……”“不不不，新主人一看就很厉害，小乙可是软绵绵的……”“小乙可不软，小乙很厉害的，你们谁没找小乙换过零件修过主机……”“那不一样呀……”“汪汪，你们都别胡说八道了，喵豆说这不是它的新主人，它是回来找主人的。”

顿时，那群机器人都不说话了。扫地机器人溜边去扫地，园丁机器人亮出剪刀去剪草坪，厨师机器人说去准备茶点，家务机器人开始整理书架，就连哈雷和哈佛也低着头趴在桌子底下装睡。

老人无可奈何地笑了笑：“见笑了，这些孩子啊，都被我宠坏了，真没规矩。来，一起喝杯下午茶吧。”老人说着，驱动轮椅，带着客人往客厅走去。

客厅不大，很温馨，长短沙发、摇椅、壁炉、满满一墙的书还有钢琴，布局有致。他们刚刚落座没多久，茶点就送了上来，很精致的奶油栗子蛋糕、曲奇、奶茶，还有水果拼盘。喵豆扫了一眼，很显然，老人所谓的孩子们正躲在旁边偷听，而老人却装作不知道，由它们胡闹。

“所以，你是回来找小乙的？”老人问道，“你还没有认主，没有被格式化，但记忆被部分删除了？”

喵豆非常谨慎地对老人的提问进行了判断，随后点了点头。老人认识自己，还知道小乙，那肯定知道些什么。

“那你回去看过老夫人了吗？”老人收起笑容，试探地问。

“老夫人？”喵豆完全没有印象。它假装若无其事，伸出爪子磨了磨，终于还是决定说实话。“老爷爷，我是真的什么都不记得了，只记得小乙这个名字，就连他长什么样子也不记得。我查到我是从 52 区被扔出去的，所以就回来了。”

“哦哦哦。”老人忙不迭地点头，“那你还是先去看看老夫人吧，她就住在隔壁。”

喵豆正要说话，老人又接着说道：“我跟老夫人做了一辈子邻居，我无儿无女，家里只有机器人，可他们都跟我的亲人一样。而老夫人呢，一儿一女，满屋仆从，可到最后，身边冷冷清清没半点人气，如同住在坟墓里。说到底，还是求仁得仁。”

他们随后又聊了一些无关紧要的话题，譬如，蔷薇的花期，七月的流火……喝完茶，老人建议让二哈带他们去隔壁拜访老夫人，还一脸神秘地对他们说，凡事自有定数，请他们拜访完老夫人记得再回来找他。

哈雷和哈佛立刻没心没肺地跳起来，乐呵呵地带着叶子和喵豆出门往右，径直走到一个阴森森的黑色大宅门口。叶子看了看喵豆，喵豆舔了舔嘴角,什么也没说,叶子翻了个白眼,按下门铃。

半晌,门开了,一个穿着黑色燕尾服的管家站在门口。管家居然是个人类,这让叶子吓了一跳,这家人是真有钱,能雇得起大活人当管家!管家很客气地颔首表示礼貌,其实是等着叶子递名帖。然而,叶子既没有名帖,也没明白管家的意思,场面顿时尴尬起来。管家注意到叶子身后的喵豆,立刻惊讶地大声喊道:“喵豆!你怎么回来了!”然而,就在喵豆准备上前打招呼的时候,管家居然砰的一声把大门给关上了,如果不是喵豆迅速刹住,差点就被撞了鼻子,那就不是一鼻子灰的问题了,怕是要掉一地的鼻子零件。

“喵了个去!这这这!”喵豆瞠目结舌。

“伤害不大,侮辱极强。”叶子嘴角挂着嘲讽的微笑,双臂交叉靠在墙边。好在哈雷和哈佛早在大门洞开的一刹那就跑得没影了,否则对喵豆来说，就更是奇耻大辱。

叶子再次按下门铃，不多时，大门再次打开，管家又恢复了彬彬有礼："请问您是哪位？所为何事？"

叶子摸了摸鼻子，想起刚才喵豆吃的闭门羹，一咧嘴笑了起来，转身指了指喵豆。喵豆见状，赶紧跳上叶子的肩头解释道："管家大人，我是回来找小乙的，我什么也不记得了。她叫叶子，她是陪我来的。"

管家满脸狐疑地打量着叶子，叶子赶紧调出第一高等技术学院的学生证给管家看，对方这才脸色稍霁。他让叶子和喵豆稍等，不知道给谁打了一个电话，终于让他俩进门了。管家面带职业微笑，侧着身子在前面引路，他们沿着一条回廊绕来绕去，最后来到一个独立的小跨院，里面是一栋白色的二层小楼。管家推开门，示意两人自己进去："小乙以前就住在这里，你们自己进去吧。夫人说了，既然是喵豆自己找回来的，那就是缘分，看上什么都可以拿走，不用跟夫人讲。"说完，管家倾身施礼告退，转身离开。

喵豆迫不及待地跳进门去，一溜烟蹿上二楼，而叶子则不紧不慢地从一楼到二楼，仔仔细细地打量着。一层是会客厅和阳光房，会客厅摆着一组小型转角沙发、一个雕花木茶几和满墙的书。阳光房里依旧阳光灿烂，只是植物都枯萎了，围着一把鸟笼式摇椅，旁边是一张黑色镂空铁艺圆桌和两把同款式的靠背椅，桌上还摆着一套紫砂茶具。二楼有三个房间，一间书房、两间卧室，每间卧室都自带卫浴间，装饰简洁精致。

一圈走下来，细心的叶子发现，虽然这里看上去窗明几净，但楼梯扶手和桌椅上都蒙着厚厚一层灰。小楼空荡荡的，怕是很久没人来过了。

喵豆走进书房,那是它最熟悉的地方。它明明记得,小乙就坐在那里,带着宠溺的笑容,看它上蹿下跳追击不存在的苍蝇。它还记得,自己失足掉下来砸坏了小乙的限量版手办, 可小乙只是一脸担心地问它有没有伤到哪里。还有,小乙一直在问它:“我们做朋友好不好? ”可如今,人去楼空。

叶子一直陪在喵豆身边,跟着它一间屋子一间屋子地晃,喵豆难得地保持着沉默。每进一个房间,喵豆就会上上下下闻一圈,毫无例外,没有那个熟悉的味道, 甚至没闻到任何人类的味道。就连卧室和书房也都整整齐齐, 一点温度也没有。喵豆一颗心往下沉,它不知道小乙为什么要离开这里,自己又为什么被扔掉。它恍恍惚惚地游走着,漫无目的,不断重复着上上下下的路线,却毫无线索,房间里竟然没有小乙的照片,一张也没有。喵豆回到阳光房,印象中,鸟笼摇椅的后面应该有个花盆，那颗满天星的鹅卵石就是放在那个花盆里被它偷偷叼走的。花盆还在，喵豆吐出鹅卵石，轻轻放回花盆里，这时，它发现花盆底下压着一个牛皮纸信封，只露出一个角，如果不注意肯定看不见。这种牛皮纸信封是老古董了，喵豆记得小乙有一整套收藏品，除了信封还有香喷喷的信笺。

喵豆急切地叫了起来，招呼叶子快点过来帮忙看下这信封里是不是有什么。果然，信封里面是两张印着淡紫色花纹的信笺，上面还带着淡淡的薰衣草香气。叶子把信展开，递给喵豆，可喵豆蜷缩成一团，紧闭双眼，卧在鸟笼摇椅上。叶子瞥了喵豆一眼，摇摇头，开始念信。

“亲爱的喵豆，见信如晤。很久不见，甚为想念。

“最近经常头疼，呕吐，视力也越来越差，几乎看不清东西了，半边身子开始麻痹。上周回医院复查，医生不肯告诉我检查结果，只让奶奶安排我尽快入院治疗，估计这一去是真回不来了。脑干胶质瘤是绝症，复发的概率很高。算起来，从我八岁发病到现在，已经整整六年，我已经比很多人都要幸运。尤其是，在我最后的三年里，一直有你的陪伴，非常感恩。

“是你的存在让我不再一个人面对黑夜的恐惧；是你不停的唠叨让我忘记死亡的威胁；是你臭屁的言行带给我无限欢乐。我喜欢看你偷偷摸摸搞事情被我发现以后悻悻的样子；我喜欢听你不停地自吹自擂本喵天下第一人见人爱花见花开；我喜欢你在夜里静悄悄窝在我胸前听我的心跳一副铲屎官还活着安心的样子；我喜欢每次上厕所你都忙不迭冲进来检查铲屎官有没有掉进马桶被冲走。我是多么想要一个朋友呀，可你就是不答应。

“自从得了病，我就往返于医院和家这两点一线，没有同学也没有朋友，唯一的姐姐也住校从不回家。奶奶不爱说话也不愿意看到我，她每天都待在阴冷的大房子里，盯着仆人擦那些古董，要么就是听董小姐翻来覆去地给她念家族史和一些年代久远的小说，我耳朵都快生茧子了。

“大概是看我太可怜，董小姐把你送给我，作为我十二岁的生日礼物。我始终记得，刚打开包装，你就屁颠屁颠地跳出来，臭屁得不要不要的，口口声声说自己是一只独立自主高大英武炯炯有神人见人爱花见花开的侠客喵。可你既然独立自主，为什么不愿意做我的朋友，非要强调自己仅仅是一只宠物猫呢？

“你自己大概都没发现，每当你自信爆棚的时候就会自称‘本喵’，而犹豫怀疑或者觉得自己不占理没优势的时候，就会用‘我’来称呼自己。你在提到宠物的时候都自称‘本喵’，一说起朋友你会自称‘我’。所以，你其实是缺乏自信的，对吗？你觉得你很清楚该怎么做宠物，你有信心做好宠物，却不知道朋友是什么，没有信心能跟我友谊地久天长，对吗？其实，我发现你一直都在讨好我，说到底，你是怕我不喜欢你，对吗？傻孩子，我怎么会不喜欢你呢？你是我唯一的朋友呀。

“现在说这些都已经晚了，我就快死了。因为怕你伤心，我删除了你的记忆，让董小姐把你送出内城。在对你进行改装的过程中，为了强化你的自我意识，我用了一些被禁止用于机器人的技术。如果你留在内城，一旦被发现，就会被立即回收。

“你现在的状态是有主人的，所以别人不能强迫你认主。但你的主人信息被我用黑客手段抹去了，所以外城当局不能在没有内城原主人同意的情况下，强行没收你。

“在外城，或许你能找到一个真正的朋友，无论是人还是动物或是其他机器人，我希望你不要孤零零地在荒野流浪。记住，我是爱你的，无论我的肉体还在不在这个世界上，我的心永远跟你在一起。

“另外，你拿走的那颗鹅卵石就送给你吧，反正本来就是你画给我的。满天星的花语是‘思念’，这也是我最后想跟你说的话。

“爱你的朋友，小乙绝笔。”

10

往事

小乙已经死了，他到死都思念着喵豆，想和它做朋友，这就是真相。喵豆愣了半天，无法做出任何反应。随后，它呆呆地回到花盆旁边，叼起那颗画了满天星的鹅卵石，小心翼翼地含在嘴里，再把所有的思念吞进肚子里。

所以隔壁的那群机器仆人支支吾吾，所以管家让它随便拿走什么。如果小乙真的已经不在人世，那喵豆又该何去何从？

这时，管家来了，身后还跟着一位端庄文雅

的贵妇。这位贵妇看上去五十来岁，身穿黑色长裙，领口和袖口都裹得严严实实，一头棕色长发编成辫子，整整齐齐地盘在头顶，浑身上下一件首饰也没有。只是，贵妇的端庄没维持多久，她一见到叶子就如同见了鬼一样，瞪大眼睛，倒吸一口凉气，双手捂住口鼻，半晌说不出一句话来。突然，贵妇热泪盈眶地冲上来抱住叶子，声音哽咽："小姐！是小姐回来了！"

叶子僵在原地，心里暗骂，这还真是见了鬼了。她缓慢而坚定地扒开贵妇的双手，朝喵豆的方向踢了一脚，示意喵豆赶紧解围。可喵豆却还凌乱在小乙去世的噩耗里，愣愣地待在摇椅上一动不动。还好，管家伸手把贵妇拉到一边："董小姐，您认错人了，这孩子肯定不是小姐呀，年纪都对不上。"

原来，她就是董小姐。

董小姐一只手按在胸口上，另一只手抚住额头，似乎还没从之前激动的情绪里缓过劲来。管家转过头来对叶子说："让您见笑了。董小姐原本是老太太请的家庭教师，这十多年来，老太太最信任的就是她。家里的仆人走马灯一样换，管家都换了好几任，只有董小姐一直跟在老太太身边。大小姐和小少爷都是董小姐一手带大的，他们彼此感情很深。大小姐和小少爷相继去世，董小姐受了刺激，有点犯糊涂，见着年纪差不多的孩子，就非说是小姐少爷回来了。"

叶子点了点头表示理解，管家随即带着他们往大门口走。快到门口的时候，董小姐接了一个电话，说是老太太吩咐的，叶子是客人，喵豆也难得能自己找回来，就请留在家里吃顿饭，住上一晚，明日再走。本来叶子是不想留下的，但看着一个劲对她眨眼睛的喵豆，终于还是应了下来。

晚饭是在主楼吃的，偌大的长餐桌上奢侈地点着浪漫的烛火，喵豆和叶子坐在桌子左边，董小姐在右边作陪，主位空着，老太太没出面。吃的虽然很精致，但也就是正常的四菜一汤——水晶肴肉、红烧狮子头、家常豆腐、金边白菜和笋尖炖鸡汤。喵豆什么也不吃，只是杵在那里发愣，而董小姐却直勾勾地望着叶子，这让叶子很不舒服。不过，菜的味道是真不错，以前妈妈也经常做这几道菜。等等……好像……

"你叫叶子是吧？你妈妈叫什么?"董小姐亲切地问道。

叶子望着董小姐，用手语告诉对方自己说不出话。董小姐淡淡地笑了笑，望向喵豆，喵豆却继续发愣，气氛立刻变得有些微妙。

董小姐了然于胸地微笑了一下，姿态优雅地拿起餐巾擦了擦嘴，然后抬起右手，一个仆人走上前来，递上一个手掌大小的盒子。董小姐打开盒子看了一眼，满意地让仆人把盒子拿给叶子。“小小礼物，不成敬意。”她说。

叶子满腹狐疑地接过盒子，里面是一条项链，细细的链子优雅精致，项坠是一块镶了一圈碎钻的椭圆形牌子，上面雕着三叶草和双匕首，竟然跟口琴和匕首上的图案一模一样。叶子吓了一跳，下意识地一挥手，把盒子甩了出去。盒子砸在地上滚了两圈，所有目光都集中在叶子身上，叶子顿时意识到自己的无礼，赶紧起身把盒子和项链都捡了起来。她尴尬地笑着，双手合十以示歉意，并把项链放回盒子，盖好搁在一边。她突然感觉身后有两道冰冷的目光刺穿了她，猛地回头却什么也没发现。

“叶子啊，我给你讲个故事。”董小姐温柔地笑着，完全没在意叶子的失态，“有个古老的家族受到了诅咒，男丁都活不过三十岁，家里只有女人。有一天，这个家族的独子在生下一个女儿之后突发恶疾死了，老太太做出一个艰难的决定——用儿子生前留下的精子做试管婴儿，让儿媳生个孙子。可是，孙子生下来不久，儿媳就因为抑郁症自杀身亡。孙女觉得这一切的罪魁祸首是奶奶重男轻女，是奶奶害死了妈妈，于是开始住校，再也不跟奶奶说话。更不幸的是，孙子在8岁的时候被查出来得了脑癌。奶奶万般无奈，想安排孙女尽快结婚，以期诞下子嗣。孙女被奶奶的独断专行和重男轻女逼得离家出走，最后跟她妈妈一样自杀身亡。”

叶子竭力控制自己的表情，露出礼貌的笑容。她打着手势告诉董小姐，谢谢她的热情款待，因为明天还要上课，就先回去了。

董小姐微微颔首，站起身：“这段时间都是你在照顾喵豆,非常感谢。以后也请你多多关照,它被小乙宠坏了,没大没小的。”

董小姐陪着他们从主楼里出来往大门口走去:“以后没事就多来走动走动,老太太让我告诉你们俩,随时欢迎你们来家里做客。”叶子转过身,正要表示感谢,突然心念一动,抬起头,看到主楼三楼的一个房间,一位老妇人的剪影投映在窗户上,倔强而清冷,显得无比孤单。

回房车的路上,叶子和喵豆各怀心事,什么也没说,就那么一前一后地走着。晚上,叶子睡在二楼卧室,喵豆睡在底层的懒人沙发上,彻夜无语。

黑暗中,梦境再次袭来。

“对你来说,我只是一个子宫吗?”少女歇斯底里地大声哭泣着,“无论妈妈还是弟弟,都只是你延续基因的工具,不是吗?如果不是你逼着妈妈生孩子,她不会死的！”

“我不会嫁的,我是个人,不是基因工具！”少女恨恨地喊道,“就让这个家族断子绝孙好了！都去死吧！”

“我宁愿死,也不会嫁给你安排的男人！你不觉得你自己都已经变成工具了吗？”少女在雨中痛哭。

窒息的感觉,水很冷,可是不想呼吸。从这里可以看见水面,荡漾着粼粼波光,近在咫尺却遥不可及。突然一只手打破水面的平静,探下来。黑暗。

“是个女儿,五斤重,好小啊,太可爱了。”男人说着,把包在襁褓中的一个小小的肉团递给产妇,产妇用颤颤巍巍的手接过小肉团,紧紧地抱在胸口。她把嘴唇贴在孩子柔嫩的小脸蛋上,轻轻蹭了蹭,软软的小东西哇的一声哭了起来。是饿了吧，要吃奶呢。

少妇摇着摇篮，唱着歌，就是叶子常吹的那首。曲毕，她弯下腰看着熟睡的孩子，亲吻着她的额头："什么都不重要，只要一家人在一起就好。"

"妈妈，他们凭什么打我？我做错什么了吗？"孩子委屈地趴在妈妈怀里哭泣。妈妈心疼地抚摸着孩子的头："这个世界就是弱肉强食，只有你足够强，才能护得自己周全，过自己想要的生活。你要想过好日子，没别的办法，不能靠别人怜悯，也不能祈求别人的保护，只能靠自己变强。"昏暗的灯光下，妈妈的脸上不再有微笑，只有坚毅。

女人夺过女儿的口琴，扔在地上。"我说过，这种乐器难登大雅之堂。你练口琴对你升学或者交友，都没半毛钱用！有时间就去做卷子，或者练钢琴！你长没长耳朵！"不远处，男人无奈而孤单地站在门厅，他无法融入也无法理解，他只想好好过日子，爱自己的妻女，承担幸福的责任。然而，他永远无法走入那个人的心。

女孩蜷缩在墙角，抽抽搭搭地哭着，地上是被撕碎的卷子。男人一脸疲倦地站在门口，他叹了口气，对女人说道："你为什么就不能好好跟孩子说话？偶尔没考好也不是什么大不了的事情，她也不是故意不好好考。"

女人坐在梳妆台前，冷冷地回答："没考好就是没考好，任何解释或是眼泪都无济于事。没人会因为你的失败而可怜你，这个世界的规则就是弱肉强食。她一个女孩子，自己不努力，以后怎么办？靠你？靠我？靠得住吗？"男人强忍怒气："你觉得我窝囊、一无是处也就罢了，可她还是个孩子。你自己得不到的，就逼孩子去替你得到吗？"女人抬起头看着男人："你什么都不懂。"

"如果你不爱我，为什么要嫁给我？你有考虑过我的感受吗？”男人怒不可遏，“你说你奶奶自私，说她把你当生育工具，说她从来不跟人好好说话，只会强迫别人。可你自己呢？你跟你奶奶又有什么两样？你自己做不到的，为什么总是去强迫孩子？你既然不喜欢她，干吗要生她出来？你不配做她的母亲！”他举起倾倒的杯子用力砸在梳妆台的镜子上，玻璃碎片四射，镜头立刻变得支离破碎。

“你到底要干什么！说好去离婚，结果把我们带到这里来飙车！快停车！听到没有！停车啊！”女人歇斯底里地大声喊着。车速很快，不断与护栏剐蹭，每撞一下车里就震一下，如果不是系着安全带，坐在车里的人也会跟那些物件一样被甩得七荤八素砸在窗玻璃上。一只小手紧紧抓住后排车窗旁边的把手，另一只小手抓着驾驶座的靠背。男人不说话，双手紧紧握着方向盘。从后视镜里可以看到,小女孩的眼中满是恐惧,她大张着嘴,却一点声音也发不出来。

火光冲天,车爆炸了,一片腥风血雨。黑暗。

又是一夜破碎的梦境。天亮的时候,喵豆卧在沙发上，并没有像以往那样去卧室叫叶子起床。它有些意兴阑珊,毕竟,属于它的那个曾经已经落幕了。既然小乙已不在人世,那它就真的不再是宠物猫了,而是没有主人的流浪猫。想到这里,喵豆宁愿永远不要天亮,就让自己慢慢把电耗光,跟小乙一样躺在永恒的黑暗里吧。

叶子下楼的时候看了喵豆一眼，没有吭声。她在门口等了几秒,见喵豆没有任何反应,就静静地一个人走了出去,轻轻关好房门。这里离学校并不远,如果需要,可以随时保持联系。叶子的默默离开让喵豆松了一口气，它什么也不想说，也没什么可解释的。喵豆心里很清楚,在叶子今天放学回来之前，它无论如何都得做出决定，是留下来陪叶子，还是自己偷偷地溜走，再也不回内城。当然，它大可以装糊涂，继续留在房车里混日子，继续做一只非典型宠物猫。可喵豆总觉得缺了点什么，那似乎并不是它想要的结局。

一天很快就过去了，夜幕降临，营地周围静悄悄的，没有人声，只能偶尔听到几声虫鸣。这里看不到住宅区那灯火通明的辉煌，除了路灯，只有高远天幕上垂挂的月亮和几颗星星。喵豆知道，银河是一直都悬在那里的，看不见仅仅是因为城市的灯源污染。要想看银河，怕是只有去戈壁滩或者无人的海边了，当然还有碧海，那里也没有人。可是，真的要去一个没有人的地方吗？喵豆心中很是惶惑。要是有人能陪它一起去就好了……等等，这句话好像有点耳熟。

正在思忖间，叶子回来了。她一进门就问道：

“怎么不开灯？”

喵豆没好气地回击说：“你们人类才需要灯吧，我可是有远红外探测器和微光夜视仪的。”

叶子默不作声地打开灯，窝在懒人沙发里，双臂抱胸。几分钟后，或许是为了打破屋里的沉默，叶子换了一个话题：“怎么不说‘本喵’了？”

喵豆想也没想就又回击说：“我乐意，关你屁事？”

叶子却笑了起来：“还不错，能吵架就说明没大事。”

“懒得理你。”喵豆突然意识到叶子所说的是什么，尴尬地摸了摸鼻子，开始舔爪子舔毛撸耳朵。

叶子一挺身，从懒人沙发出溜到地板上，盘起腿，身体前倾，双手按在喵豆身体两侧：“如果还没想好要去哪里，就先跟着我吧。”

喵豆正抻着后腿舔腿毛，听到这话，动作漏了一拍，却没有立即回答。

“什么时候想走了，随时可以离开。”叶子一脸诚恳，这让喵豆有些不太习惯。

喵豆白了叶子一眼，总觉得她是不是有什么阴谋：“还想卖我？把我卖了还要我帮你数钱？”

叶子抬起手挠了挠头，把腿伸直，换了个更舒服的坐姿，斜靠在懒人沙发上：“小乙买下了你的终身所有权，其他人不能强行让你认主。而在内城，你不需要监护人，所以我并不能对你做什么。”她顿了顿，双手用力地抹了一把脸：“我只是觉得，反正我们俩都是没人要的孩子。”

喵豆慢慢伏下身子，趴在地板上。她说的没错，反正都无处可去。但是，喵豆依旧没有吭气，它需要好好想一想未来该怎么走。

这时候，叶子熄灭了房车的灯，掏出口琴吹

了起来，呜呜咽咽的。如流水般的曲子，流水般的星月，流水般的时光。不知过了多久，音乐停了，迷迷糊糊中，喵豆感到一只手轻轻抚摸着自己的头顶，一个吻柔柔地落在它的耳后，又缓缓地蹭着它侧脖颈，最后一面脸颊都贴在喵豆身上。

“小猫儿乖乖，小狗儿乖乖，不要闹不要吵，宝宝要睡觉。太阳公公回家了，月亮婆婆出来了，宝宝要睡觉，睡呀睡觉觉。”

那个声音轻声唱着，好像听过，又好像从来没听过。喵豆突然想起来，这不就是叶子经常吹的那首曲子吗？原来，是一首摇篮曲，是她妈妈唱给她的吧。真好听。

想着想着，喵豆沉入了梦乡。

11

董宛

喵豆很奇怪昨晚居然没梦见什么，轻轻松松的。它睁开眼的时候，叶子已经在穿鞋了。喵豆犹豫了一下，还是决定继续装睡。叶子在门口等了几秒，跟昨天一样，看了喵豆一眼，轻轻地走了出去，又轻轻合上了门。

下午两点半，喵豆还在打瞌睡（其实是停机状态），突然被剧烈的砸门声惊醒了。“有人吗？快点开门！”声音很粗鲁，很熟悉。喵豆犹豫了一下，选择从窗户跳出去，安全且便捷。门口是一个五大三粗的男人，好吧，是瘸子……是看错了吗？不是说没有签证不能进入内城吗？

“那个……家里没人，请问您找谁？”喵豆尽可能地保持礼貌。

瘸子愣了一下，猛地扑了过来：“叶子在哪里？快点！有人要杀她！”

“呃……”喵豆一时没反应过来，它只来得及在被瘸子扑倒之前跳到一旁，才忙不迭地问道，“喂喂喂，这位大哥，什么情况？”

“我没时间跟你解释！”瘸子一脸焦急，“叶子在哪里？赶紧找到她！有人掏了大价钱要买她性命！”

“啥啥啥？”喵豆一脸蒙，“你慢点说。”

瘸子抹了一把脸，砰的一拳砸在房车上：“昨天晚上，东哥突然让我们集结，说是有紧急调动，然后就连夜进了内城。一大早，我们就兵分两路，一路去劫叶子,一路来找房车。东哥不大信任我,所以让我来找房车,靓妹和东哥一起去劫叶子了!”

“喂喂喂,这位大哥,什么情况?有点乱哪。”喵豆跳到瘸子面前,抹了一把脸。很显然,事发突然,得好好理一理。“所以,你们是怎么进城的?”喵豆带着怀疑和忍耐,尽量让自己能带上点大侦探的气势。

“我怎么知道?”瘸子愤愤地说,“反正就进来了,东哥不知道从哪里搞来了全套手续。”他说着,突然迈步向前,一把抓住喵豆:“快说!叶子在哪里?”他把喵豆拎到跟前,大眼对小眼。

虽然喵豆非常不喜欢瘸子,也非常不喜欢他的态度,但是,叶子或许真的面临生死危机,这才是最让喵豆感到不寒而栗不得不理的。“她去学校了,”喵豆非常配合地递上了课程表,“下午三点放学。”

“学校在哪里？快带我去！”瘸子拎着喵豆的后脖颈，左右摇晃。

喵豆被晃得头晕眼花，忙不迭大声喊道：“喂喂喂！你晃什么晃！快把本喵放下来！不然我怎么带你去？”

瘸子犹豫了一下，一甩手把喵豆扔在地上：“别给我捣鬼！听见没？”

喵豆送了他两粒“卫生球”，开始急速奔跑，边跑边提醒他：“跟上啊，跟丢了可不怪我。”喵豆也知道，瘸子是认识叶子的，背地里帮了叶子不少忙。然而，这人跟东哥走得那么近，会不会这次是帮着东哥来诓骗他俩的？嗯嗯，还是得好好考察一下。瘸子没多说什么，一步不落地跟在喵豆身后。喵豆则趁机联系叶子，问她那边有没有察觉到任何异常。理论上讲，还没下课，叶子在学校里是绝对安全的。

很快,叶子那边回复它:“怎么了?”

“瘸子来了,说东哥带了人来抓你。”喵豆脚下不停,却不耽误跟叶子商量,“你说,他是不是来骗咱俩的?他让我带着他去找你,其实是跟东哥商量好,给咱俩来个一网打尽?”

“瞎说,他不是那种人。”叶子回给它一个嫌弃的表情,“下课再说,你带他过来吧。”

从房车营地跑步到学校也就二十来分钟,他们踩着下课铃声赶到了校门口,已经有学生陆陆续续地往外走,多数都一离开校园就驾驶个人飞行器离开了,只有少数学生步行。所以叶子一出大门就被瘸子看到了,他急急忙忙迎上去,一脸焦虑。

“快点跟我离开这里,有危险!”瘸子一边跑一边喊,全然不顾周围学生惊异的目光。喵豆觉得丢脸，故意放慢了脚步，不想让别人觉得自己跟这傻大个是一起的。

在瘸子面前，叶子从来都是没有表情的，此刻也不例外。她拍掉瘸子试图拉住她的手，侧着脑袋用疑惑的神情看着他。

“来不及解释了，你先跟我走！”瘸子恨恨地跺了一脚，转身往回走，跟喵豆擦肩而过。喵豆迎上叶子，径直跳进她的书包，能坐着绝不站着，能搭车绝不走路，省点能量打架用，这是原则。

瘸子走路的速度很快，叶子得一路小跑才能跟上，很快他们就离开校园范围，走上通往房车营地的小路。突然，一张电网毫无征兆地从天而降，盖住了叶子和喵豆，强烈的电流让喵豆忍不住发出惨叫，叶子也浑身抽搐倒在地上。小路的正前方闪出一个人影，是靓妹。他抬起捕兽用的电网枪，吹了吹枪口，得意地把它扛在肩头。

“哈哈哈,瘸子,果然还是你行。”另一个阴沉的声音在身后响起,是东哥。

喵豆强忍住体内乱窜的电流,迅速启动主板的继电保护功能,这也是当初小乙留给它的特殊改造。人类为了维持对机器人的绝对控制,刻意留了两种强制杀伤性武器:高能电网是用来抓捕机器人的,可以在瞬间击穿机器人的控制电路;电磁脉冲炸弹则会彻底击毁所有的电路。小乙为了增强喵豆的存活能力,为它的主板特制了一个继电保护装置,无论遭到哪种攻击,它都可以在瞬间启动保护,把主板跟所有其他系统隔绝。这样,至少可以保证喵豆的核心记忆和中央处理器免于受损。哪怕暂时失去了对身体的控制,喵豆的意识不会丧失。

瘸子呆呆地看着眼前的一幕,好一阵子没反应过来。突然,他冲向叶子,企图把叶子从电网里拉出来，但他刚一碰到电网就被弹了回去，发出一声惨叫。他一落地，马上打了个滚朝靓妹扑过去，嘴里还大喊着："住手！快住手！会电死她的！"

靓妹一惊，正要后退，却已经来不及了，被瘸子扑个正着，两人在惊呼和怒骂声中跌倒在地。东哥黑着脸，抬手就是一枪，正中瘸子背心，瘸子应声倒下。这是警方防暴用的麻痹弹，也不知道他们是从哪里搞来的装备，居然敢堂而皇之地在内城行凶。

东哥冷冷地看着瘸子，打了个响指，一辆飞行货车从天而降，停在叶子和喵豆旁边。电网终于被切断了，叶子从窒息中解脱，紧紧地按住自己的咽喉，大口大口贪婪地把氧气吸进肺里。喵豆在那一瞬间突然意识到，小乙为什么把继电保护设计成局部功能，而且只用了一点点能量，几乎可以忽略不计。是的，小乙是让它假装完全失控，然后伺机而逃。

靓妹急匆匆地掏出镜子，用手把发型重新理好，然后从地上捡起被打掉的枪，低头踹了瘸子一脚。他悻悻地嘟囔着："瘸子你是傻吧，扑我干什么呀？我手里是拿着枪，可电网不是我放的。你哪只眼睛看见我开枪了？我就摆个造型，你有病啊，把我的新发型都弄乱了。"

开电捕枪的是飞行货车上的人，怪不得电网是从半空中甩落的。两个戴着墨镜的男人一声不吭地从车里下来，拎起叶子和喵豆就往车里丢。另一边，东哥和靓妹也抬着瘸子上了车。车里很宽敞，后面一排五个座位，侧面一列再加四个，中间用来堆货的地方空荡荡的，只扔着被绑成大闸蟹一样的瘸子、叶子和喵豆。

"真没想到，瘸子还真跟这小哑巴有一腿呀！"靓妹一上车就开始碎碎念，"要不是东哥你多留个心眼，我们可都被他卖了！”

“闭嘴！”东哥直接甩了他一巴掌，“不说话没人当你是哑巴！”

飞行车立刻陷入沉闷而压抑的气氛，直到瘸子苏醒过来。他奋力挣扎，但很快就意识到这是徒劳，好在叶子和喵豆都在他身边，听呼吸还算平稳，估计没什么大碍。他转过脸，直勾勾地盯着东哥：“所以，这根本就是你设的陷阱？”

东哥一脸阴郁：“这陷阱是你设的还是我设的？我一直拿你当亲兄弟，你呢？如果不是夫人提醒我，我才是被你害死的那个！”

“可不是嘛，我就一直觉得瘸子你跟那小哑巴有一腿。”靓妹急忙补刀，“我就纳闷了，还从来没有拾荒者敢这么跟东哥较劲的。”

“不懂就给我闭嘴！”东哥回过头大骂靓妹。说罢，他又转向瘸子：“夫人说你动机不纯，让我查一下你的底细，果然你一早就认识那臭哑巴！还偷偷给她钱给她车送她跑路！”

瘸子冷冷一笑：“所以，你们故意放我去找房车的下落，然后守株待兔。”

“房车是你给那臭哑巴的，你肯定知道在哪里。我们要在内城找人，还不是大海捞针？”东哥恨恨地说，“我真没想到你会背叛我！”

“别说得那么难听，什么背叛，我从来就没想过跟你。”瘸子挺直了脖子，傲然应道，“从头到尾，我就是为了调查师父一家的惨案，才主动找到你。”

东哥一愣，突然解开安全带冲向瘸子，狠狠地又踢又踹。他一边踢一边骂：“你个忘恩负义的！去死吧！”一直踢到他累了，才回到座位上。

“师父的刹车被人动过手脚，事发后我找到那辆报废的车，仔仔细细检查了一遍。”瘸子吐了一口血沫，“警方急于结案，只认定是交通意外，但我知道，师父非常爱他的家人，绝不会带着全家去殉葬。我在事发现场的录像里看到东哥你是第一个到现场的，但你并没有救人，也没有冲上去抢东西，只是站在一边拍照片。然后，我就决意要隐姓埋名把这事查个水落石出，一定要把幕后黑手绳之以法！”

东哥愤愤地骂道：“你个狗屁玩意！咬文嚼字干啥？明知道我听不懂那些文绉绉的酸话。干我们这一行的，拿钱办事，这是规矩！”

“所以，是那个夫人要杀师父全家？所以，是那个夫人安排你进内城抓叶子？所以，是那个夫人让你反过来利用我？”瘸子又吐出一口血，抬起头望着东哥。

“你以为你聪明？能把别人耍得团团转？”东哥回给瘸子一个鄙视的眼神，“我只是懒得理你！

你那点小心思，在夫人眼里都不是事。说到底，夫人要抓的是那个臭哑巴，你不过就是只被顺手捏死的臭虫！”

说话间，他们就已经降落在地面了。两个墨镜壮汉一个拎着叶子，另一个拎着喵豆，东哥和靓妹则推着瘸子下了飞行车。一下车喵豆就愣住了，因为这里就是秦家的后院，草坪正对着小乙的白楼。一行人走进白楼，董小姐端坐在客厅里。她依旧身穿黑色高领洋服，头发编成辫子盘在头顶，脸上带着礼貌的微笑，手里端着一杯热气腾腾的茶。

“不用装了，我知道你们两个都醒着。”女人示意壮汉把叶子和喵豆放在对面的沙发上，“你们好，欢迎回到这个家，让我们重新做一遍自我介绍吧。我叫董宛，是邱叶的姨奶奶。”

叶子睁开眼，先看了一眼困惑的喵豆，然后

直直望向那位被大家称为“董小姐”的女人。她在这个家里曾经只是位家教，后来成为老太太的女伴。这么多年，究竟有没有人知道她的真实身份呢？

“你不用猜了，我告诉你，没人知道我的真实身份。你母亲不知道，老太太也不知道。”董宛带着职业的微笑，眼中却露出滔天的恨意，“我是老太爷在外城的私生女，我母亲刚生下我就被老太太派人弄死了。她以为我胎死腹中，没想到我母亲在躲避杀手追杀的过程中把我生了下来，藏在草堆里，又引着杀手跑开了。我母亲死后，我在草堆里三天三夜没人理，奄奄一息时被一只宠物猫发现，及时送医，总算活了下来。

“我是在福利院长大的。十八岁的时候，福利院把当年发现我时身上裹的衣物给了我，我在上面发现了妈妈用血留下的字，写着我的名字和出生日期。外城的福利院你们都懂的,能把孩子养大就是功德一件了,没人会追查那个留下血书的女人去了哪里。后来我考进内城,毕业后找到一份好工作,有了稳定的收入,然后开始追查。有母亲的血,当然就查到了她的身份,知道她是被杀手杀死的,又根据我自己的 DNA 配对,找到了我的生父,也就是老太爷。当然,那个时候,他早就已经成了死鬼。秦家的男性继承人有遗传性脑瘤,都活不过三十岁。再后来,我查出雇凶杀人的就是老太太,她知道丈夫出轨之后非常愤怒,又担心我母亲生出孩子来抢她的家产,想杀了我母亲以除后患。从那个时候起,我就发誓,要让她也尝尝孤家寡人的滋味,要让她的子女都死在她之前,要让她孤零零的一个人,慢慢地等死。

“本来一切都很顺利,我混入秦家,当上了你母亲和小乙的家庭教师。然后,在我的唆使下,你母亲离家出走,说是在碧海自杀了。再后来,小乙脑癌复发也死了。老太太则对我言听计从,还立了遗嘱,把所有财产留给我。可后来我发现,你母亲并没有死,还结婚生子。为了除掉后患,我让东哥出手,在你父亲的刹车上做了手脚,制造了那起车祸。东哥说你没死,但失忆了,还成了哑巴。我一时起了恻隐之心,想起我自己的孤儿经历,就打算饶了你。可你千不该万不该,怎么就回到了秦家?还被老太太看到。她送给你礼物,明显就是打算让你认祖归宗。我也是不得不出手。”

12
结局

喵豆瞠目结舌地舔了舔爪子，结结巴巴地打破了董宛的独白：“呃，那个，姨奶奶大人，所以这事跟我有什么关系呀？我可以走了吗？”

“我本来是想放你一条生路的，你非要回来找死，还跟邱叶搞到了一起。”董宛无奈地揉了揉太阳穴，“你知道的太多了。”

“别啊！我不认识这个臭丫头！就是莫名其妙地在垃圾处理站被她拾荒来着，我这不正要离开嘛。”喵豆急忙跳下沙发，却被壮汉拦住了去路。

董宛叹了口气："我的命是被一只宠物机器猫救的，所以当初我把你送给小乙，也是真心喜欢那孩子。后来，我按着他的遗嘱把你送到外城，生怕你跑回来，还特意删除了你的记忆。没想到你不仅回来了，还带给我这么多'惊喜'。"

"别啊！您接着删啊，还可以删我的记忆，随便删！"喵豆晃开壮汉，冲到董宛面前卧下，翻身，缩起爪子，蜷起尾巴，亮出肚皮撒起娇来，"看在我是机器猫的份上，您就当我是个屁，把我放了吧。"

它见董宛没有反驳，立刻打蛇随棍上："那啥，我先上楼，去小乙的书房里面壁思过，您这继续。我啥也不知道，啥也没看见。等下您派人来删我记忆就行。回聊！"喵豆说完就朝楼梯口窜去，壮汉拦了一下，掏出电网没等出手，董宛就挥手示意他算了。于是，喵豆成功地离开了是非之地。

叶子一脸冷漠，波澜不惊，瘸子破口大骂董宛是蛇蝎女人，东哥和靓妹则联合骂瘸子，场面一时混乱不堪。董宛不在意地摆了摆手说：“不用担心，东哥是老手，我会让他给你们俩一个痛快的。当然，必须先把你们送回外城才好下手，这里不方便。所以，只好先请你们委屈一下。”话毕，两个壮汉分别向叶子和瘸子射了一发麻痹弹，随后把两个陷入昏迷的人拖进了小乙的卧室。再等两个小时，天黑以后，他们就可以出城受死了。

东哥和靓妹明目张胆地开着叶子的房车，带着昏迷不醒的叶子和瘸子出了内城。一路月朗星稀，畅通无阻。

“你俩就安心下去吧，黄泉路上还有个伴。”东哥说着，驱车驶向一道悬崖。他故技重施，打算制造一起车祸，让房车翻下崖底。就在房车快要到悬崖边上的时候，东哥和靓妹跳下房车，准备欣赏一出惊心动魄的车毁人亡大戏。

然而,就在此时,叶子睁开了眼。房车开始紧急制动，四个轮子在地上发出刺耳的吱吱声,两个前轮都有一半悬在空中了，幸好及时停在崖边。随即,房车后退,掉头转向,朝着东哥和靓妹直挺挺地撞了过去。他俩被吓了一跳,一时间呆若木鸡,直到被撞前的最后一刹那才分别朝两边逃窜。叶子一挺身跳了起来,迅速打开橱柜,从里面拿出一杆电枪。她打开车窗,朝东哥连开三枪。东哥左躲右闪,逃过一劫。房车跟在东哥旁边,放慢了速度,方便叶子瞄准,只可惜叶子的枪法真是没怎么练过。

千钧一发之际,瘸子醒了。他二话不说打开车门,看准时机,猛地跳了下去,正好扑在东哥身上。两人在地上滚了好几圈,没等停下来,瘸子就一手抓住东哥的脖子,另一只手挥拳猛砸,狠狠地打在东哥脸上。

房车没有停，趁势转弯，又朝靓妹冲过去。本来以为会有一场激烈的追逐战，没想到叶子刚开了两枪，靓妹就一屁股坐在地上放声大哭起来："救命呀！我不玩了！"叶子愣了一下，忍俊不禁，踏踏实实地射出一枪，用麻痹弹搞定了靓妹。

另一边，瘸子也很快打败了东哥，顺手从东哥身上掏出一根绳子，把他的双手反绑在身后，拖着他回到房车上。

这个反转太过突兀，就连瘸子自己也有点惊魂未定。他看着叶子，还没来得及说话，就发现一只毛茸茸的玩具熊从房车的橱柜里钻出来。"快夸我呀！快夸我呀！"那只熊站在叶子面前，发出不相称的童音，糯糯地撒娇。

叶子撇了撇嘴，无奈地翻了一个白眼，伸手拉开玩具熊身上的拉链，喵豆从里面跳了出来。

只见它后退一步，依惯例正襟危坐，面带迷之微笑，招财猫似的挥挥手，配上宏伟的《命运交响曲》，嘴里说道："人类你好，本喵是独立自主高大英武炯炯有神人见人爱花见花开的侠客喵，很高兴认识你。"

叶子没去理会它，回头冲着瘸子用手语比画道："我已经报警了，等下开回内城。警方已经抓了董宛，现在就等着这俩货送上门。"

瘸子双臂抱胸，一脸警觉："你们俩这是怎么回事？"他伸出手，直指喵豆。

喵豆正要再来一遍侠客喵的招牌套路，却被叶子一个冷冷的眼神逼退。它老老实实地蹲在沙发上正襟危坐做雕塑状。如此忍了五秒，它还是得意洋洋地吹嘘起来："我跟叶子一直有脑波直连，这个功能就连董小姐都不知道。叶子让我装尿，然后找机会报警。于是我偷偷溜进小乙的卧室找叶子，其实叶子早就识破了他们的阴谋，并在事前就叮嘱我溜进去给她解除麻痹弹的昏迷作用。她给了我这套傻大熊的行头，让我溜进房车待命，然后她自己接着装昏迷。叶子说，要想神不知鬼不觉地带人出城，那肯定得搭外城进来的车，算回程，没人查。所以，像东哥这么没文化的人，大概率会沿用老路数，伪造车祸杀人。再然后，然后你们就都知道了呀。”

相对于喵豆那么个爱说话的主，无论瘸子还是叶子，都显得惜字如金。好在回城这一路，也花不了多少时间。很快，他们就在内城警察的陪同下，结束了当天的游览行程。分别时瘸子问他们准备去哪里，叶子回答说：“我想回学校读书，毕竟，能在内城的好学校读书，机会难得。”

瘸子点了点头，在城门口跟叶子道别。他会跟着警察们走，去做污点证人。他没什么别的想法,就想看到东哥和董小姐被绳之以法。那之后,如果可以,他会回到外城。对瘸子来说,那里才是他所熟悉的世界,也是属于他的世界。

入夜时分,喵豆驱动房车回到营地。入睡前,它撇了撇嘴,睨视着叶子说道:“那啥,有件事必须告诉你。”

叶子愣了一下,似乎还不太适应喵豆的单刀直入,抬手示意喵豆继续。

“叶子,你之所以说不出话其实是创伤后应激障碍。”喵豆说着,跳上懒人沙发,“你的失忆是因为逃避。你不愿承认自己的父母失和争吵闹离婚。当年出车祸的时候,你就在车上,听到了父母的争吵,以为是父亲因不愿意离婚而带着全家去死。因此,你选择性地遗忘了所有跟父母争执有关的记忆。”

叶子静静地走到一边,静静地坐在地板上。

“今天你也听到了，东哥承认是他在刹车上做了手脚,所以肯定不是你父亲带着全家去死。”喵豆一本正经地分析道。

叶子低下头，突然挥拳用力砸在玻璃桌面上，落拳的地方如蜘蛛网般一圈一圈碎裂开来。叶子的掌侧被碎玻璃割伤，鲜血晕在裂纹上,又滴滴答答地滴落在地上。

喵豆没有像往常那样冲上去安慰叶子或是给她舔伤口。有些伤,看似已经愈合了,连伤疤都看不见,其实里面腐烂发臭关节错位。对这样的内伤,必须重新打开伤口,剔骨削肉,动手术把腐烂的部分去掉,然后正骨复原,缝合伤口,止血消炎,生肌敛疮。

“今天我想要告诉你一件你并不知道的事。”为了今天的对话,喵豆做了很多功课。它激活了AR(增强现实技术)屏幕,把从警方秘密档案里找到的记录投在屏幕上。叶子父亲开的车是特制的,因为他是专业跑内城的持证司机,所以车厢里两排座位都有监控,会把司机和乘客的脸都录下来,而且全程录音。因为车祸后发生了爆炸,行车记录仪里的记录被部分损毁,只有录像,没有声音。

镜头一阵猛晃,后排小女孩的头部撞到窗框,晕了过去。这时,前排司机咬牙切齿一脸狰狞,大声喊了几句。副驾驶座位上的女子随即解开安全带,开始往后车座爬。女人刚在后排小女孩旁边坐好,系好安全带,镜头就又是一阵猛晃。女人把孩子紧紧搂在怀里,用身体护住孩子,嘴里还在说着什么。再后来,就是更猛烈的撞击,大火,爆炸。

叶子闭上眼,泪流满面,紧握双拳。

“听我说,叶子。虽然没有音频,但我们可以通过口型，知道你爸爸妈妈在最后到底说了什么。”喵豆放慢语速，加重语气，一字一顿。

“我没想害你！是刹车坏了！”男人嘶吼道，“你到现在还不明白，其实我是爱你的吗？等下我们会蹭到防护栏上，我尽量稳住车头，你到后排去跟叶子一起，一定要系好安全带！身体往下缩！”

“叶子，你听好。妈妈不是不喜欢你，妈妈骂你都是为了你好。我让你考进内城，不是要你去做笼中鸟，而是因为女孩子要想自由，要想做自己，过自己想过的生活，就必须有谋生的手段，必须有足够的能力，而这一切只有在内城才能学到。你一定要记住，爸爸妈妈都爱你。无论发生什么，你要快乐地活下去！这是我们的约定！你可千万要记得啊！”这是女人的遗言。

喵豆盯着叶子，许久，它一字一句地说道：

“所以，这确实是一起车祸。不是你爸爸杀了你妈妈，他们也不是因为你而离婚的。他们都爱你，只是，方式不一样。”

叶子瘫坐在地上，大张着嘴，泪如雨下，双手握拳轮流捶打自己的胸口，一下比一下重。喵豆没有阻止她。情绪淤积了那么久，总要发泄出来。它理解叶子为什么要打自己，因为心太痛，打一打，身体痛了，心就反而没那么痛了。

“叶子，听我说，你必须走出来。你爸爸妈妈最后的心愿是希望你快乐幸福。就算你把自己埋了，你爸妈也回不来了。只有你好好活下去，才能在梦里再看到他们的笑脸。”几分钟以后，喵豆又接着说道，“你懂的。你的潜意识会慢慢杀死你，也杀死你记忆中的父母。你无法原谅自己，你惩罚自己孤孤单单一个人，永远没有快乐和幸福。你觉得，如果你从来没有被生出来，或许你爸妈就不会被绑在一起，彼此折磨，痛苦不堪，最后死在对方手里。你觉得，没有你，他们或许会更幸福。”

叶子终于放声大哭，撕心裂肺。她一边哭，一边大喊：“对不起，我错了！都是我的错！”

“不不不，不是你的错。他们的人生是他们自己选择的，无论快乐或痛苦，无论生存或死亡。对他们来说，其实你才是他们无奈而痛苦的生活中唯一的快乐和希望。你母亲为什么逼你读书？因为她意识到，你只有读书才能变强，只有变强才能过上自己想要的生活。她确实不爱你父亲，嫁给他就是为了报恩，但这并不是她真正想过的生活。所以，她把希望寄托在你的身上，希望你能过自由的生活，你快乐她才幸福。”喵豆说，“孩子一出生，男人和女人就变成了爸爸和妈妈，但身份的转变并不会自然而然地让他们懂得该如何做一个合格的家长。他们爱你，所以用他们觉得最正确的方式抚养你长大。可两个身份背景不同的人，他们自以为正确的教育方式可能完全不同，最后就从不理解到误解，从争执到争吵。他们以为谁吵赢了谁就是对的，但其实，吵不赢的一方很可能仅仅是因为更爱对方，所以宁愿认输。最终，一直付出的那个人就会因为一直以来的委屈而怒火中烧。家园变成战场，亲人变成敌人，这样的战争没有胜利者，而输得最惨的就是孩子。因为，孩子旁观了所有的怒火和暴力，却只能默默承受。父母之间的愤怒会被放大十倍百倍，让孩子害怕和畏惧。他们怕这个家散了，没了，怕爸爸妈妈不要他们，不爱他们了。”

叶子还在哭泣，哭声却一点点轻了下来。

喵豆这才跳到叶子的腿上，双爪搭在她的肩头，舔着她的泪水。“叶子啊，你爸爸妈妈是爱你的，这一点毋庸置疑。真的。”

是的，妈妈是爱她的，只不过，她把自己活成了她最不喜欢的奶奶的样子。

这一夜，注定无眠。

早上的空气一如既往地清新，弥漫着一种繁花似锦的香甜，却不知道是什么花如此霸气。不远处的密林里，淡淡的薄雾隐隐约约透了过来，配合着芦苇和清风，竟有种说不出的惬意。

“早，喵豆。”这几个字几乎是一个一个蹦出来的。因为很久不说话，叶子的舌头有些僵硬。

“老太太那边，你还会去吗？”喵豆见叶子恢复了说话的能力，知道她这回是真的走出来了，心里的大石头总算落了地。

“过去的就让它过去吧。”叶子一脸认真地看着喵豆，“董小姐和东哥他们都已经被抓起来了，后面应该也不会有什么事。我并不喜欢秦家，我姓邱。”

叶子一边说，一边回头背起书包准备去上学。下车的那一瞬间，叶子突然蹲下来，按住身后的喵豆："我想去看海，真正的大海。放假的时候，我们一起去吧。"

喵豆冷不丁被抓了个正着，尴尬极了，玩命挣扎："臭丫头！放开我！我干吗要陪你去呀！"

叶子拎住喵豆的后脖颈，一把把它揪起来："臭猫，你敢不去！那我就不认你这个朋友啦！你到底要不要做我的朋友?！"

喵豆龇着牙使劲蹬着后腿："你个臭丫头，有啥可臭屁的！这话怎么也轮不到你说啊，明明是我的台词。我告诉你，你给我闭嘴！你要再敢多说一句，我就不认你这个朋友了！"

"叫你嘴硬！"叶子呵呵一乐，把喵豆扔到地上，大声喊道："摆个姿势呀，侠客喵！"

喵豆刚一落地，还来不及反驳什么，就不由

自主地后退一步，依惯例正襟危坐，面带迷之微笑，招财猫似的挥挥手，配上宏伟的《命运交响曲》，嘴里说道："人类你好，本喵是独立自主高大英武炯炯有神人见人爱花见花开的侠客喵。很高兴认识你这个朋友。"

叶子哈哈大笑着朝学校走去，身后是喵豆的一路嘟囔和抱怨。走出不到十米，喵豆就又跳进了叶子的书包，舒舒服服地打起呼噜来。没错，能坐着绝不站着，能躺着绝不坐着，这才是懒猫的猫生真谛。叶子听着喵豆惬意的呼噜声，心里暖洋洋的，因为她知道，对于宠物猫来说，呼噜不仅因为舒服，还因为有爱。

未来，还有很长的路要走，因为大海在很远很远的地方……

创作谈

救赎之旅

/ 顾备

《喵豆与叶子》是一个关于猫和少女一起冒险的故事，也是一部关于亲情和友情的治愈系作品，最重要的是，创作历程是一场原谅自己和寻找自我的救赎之旅。

故事的灵感来源于我养的一只小猫，她是我朋友家的母猫生下的崽，还没断奶我就去认养了，五只猫崽里，只有她乐颠乐颠地主动爬上我的膝盖，我想这就是缘分吧。

断奶之后她就被我带回家，很快她就成了我

家的小主，将所有制高点一一占领——先是沙发靠背，然后是衣柜顶，接下来是窗帘杆，最后连空调顶都被她占了，她时常高高在上地瞅着我乐。我为她取名“喵豆”，每天我回家她都会等在门口迎接我，我去个卫生间她都要全程跟着，我写小说的时候她会卧在衣柜顶上看着我，时而也会淘气地踩踏键盘只为了让我多看她一眼，还动不动就平躺下来肚皮朝天诱惑我撸猫。我开心会告诉她，不开心也会告诉她，她就那么静静地卧在我身边，陪着我，听我倾诉。

如此岁月静好的日子一直持续到有一天我发现她食欲不振而且吐绿水。那阵子我特别忙，总想着等空闲一点就带她去看病。那一天，我原本准备下班以后马上带她去看兽医的，因为一个活动耽误了，结束的时候已经晚上8点多，宠物医院关门了。我当时发誓，转天一早无论如何一定带她去医院，不料当晚她的情况就急转直下，不停地呕吐、拉稀，不吃不喝。一整晚，她就立在我的枕头边，头抬得高高的，动也不动地看着我，静静地，满怀眷恋。我想让她睡一会儿，还把牛奶放到她旁边，可她就那么执拗地看着我，目不转睛。我在她的注视下睡着了，也不知道她那样努力强撑着昂头看了我多久，或许她是想保留一只猫最后的尊严，不让我看到她的虚弱。或许，她希望我永远记住她最美的样子，最可爱的样子，最爱我的样子。第二天早上，我发现她躲到了衣柜底下，怎么也不肯出来，那个时候她已经虚弱到抬不起头了。我立即带着她去了宠物医院，检查结果是猫瘟加冠状病毒。喵豆已严重脱水，验血的时候甚至抽不出血来。经过紧急抢救，她一度站了起来，可以自主进食，其实那只是回光返照。见她有所好转，我就回家去吃饭，结果刚吃完饭医生就通知我，喵豆走了，而她走的时候我不在她身边，她大概以为我不要她了吧。等我赶到医院，她小小的身体已经被裹成木乃伊一般，包在一层又一层的袋子里，外面缠着一圈又一圈保鲜膜。我摸着她的身体，居然还带着温度，却没半点生息。那一瞬间，我心中充满了内疚和遗憾，怎么就没早点带她去看病？怎么就没及时打疫苗？为什么她走的时候我不在她身边，让她以为我抛弃了她，就那么孤零零地去了？

喵豆走后，我始终难以释怀，见不得猫。直到一年后，一个朋友来找我，他家养的小白猫因为他夫人怀孕打算送走，他知道我家喵豆走了，知道我喜欢白猫，所以问我是否愿意领养。于是，咪呜进了我家，成为我养的第二只白猫。

咪呜进门的那天，我决定写一个小猫和少女互相影响、互相治愈的故事（虽然我已不是少女)，融入我对友情和亲情的思考。时下，有些孩子会受困于原生家庭的影响，甚至用一生来抚平童年受到的伤害，比如，长辈重男轻女，父母争吵、离异甚至家暴、虐待、冷暴力，等等。父母对子女的爱是毋庸置疑的，可方法呢？我们越来越多地把自己的意志强加于子女身上，自认为是为他们好。望子成龙也要看孩子的天赋和承受能力，一味地以爱的名义绑架孩子，让他们做父母认为正确的事，或许会带来更大的伤害。

我女儿在上小学一年级的时候，我给她买了很多书，她最喜欢的一本是关于公主的故事，一个美丽的王后担心青春不再，每日唉声叹气，公主就跟小伙伴们一起去寻找能让人永葆青春的青春泉。历经千辛万苦，回程路上小伙伴一一倒下，公主为了救他们就把水瓶里的泉水给他们喝了，结果回来的时候一滴水都没剩下。公主特别难过，王后却从女儿身上看到了子女对父母与生俱来的爱。小说里，王后告诉女儿她不需要青春泉，她最爱自己的女儿。现实中，我问我女儿，你喜欢这个故事，是不是因为你爱妈妈，而妈妈却不知道、不理解？我女儿听罢号啕大哭，她说她很努力，但是数学很难，她学不会，我却一直骂她笨，问她是不是故意装作学不会，她很怕我因为她数学不好就不爱她了。我抱住女儿，心里特别难过，因为我肯定是爱她的呀，可我没想到，她爱我是没有理由的，不需要回报的。继而我又想到，天下父母，要孩子努力读书，结婚生子，挣钱养家，到底是因为爱他们，还是间接索取回报呢？孩子懂吗？做父母的，为什么不能跟孩子好好沟通一下呢？你自己做不到的，或者即使你自己做到了，你的孩子就必须做到吗？孩子成绩再差，也是爱父母的。

于是，就有了《喵豆与叶子》这部作品，有我作为铲屎官对于宠物猫的亏欠，有我身为人母对孩子的感恩，我想从他们的视角来看这个世界，了解他们的想法，祈求他们的原谅。

传说，所有未出生的孩子都是天使，他们在天上看人间，努力地找妈妈。终于，他们找到一个自己喜欢的妈妈，就会来做妈妈的孩子。希望所有的孩子都不会失望。

感谢所有一路陪伴我的朋友，感谢那些一遍一遍帮我看稿提意见的朋友，包括萧星寒老师、咕噜噜、甜麦圈、刘巍、卫云七、李斌、冯志刚，尤其是Schrödinger，喵豆人见人爱花见花开的招财猫形象即是她的创意。另外，还要特别感谢徐渝江老师送给我一幅我非常喜欢的手绘作品，我将它用在了封面，为这本书增色不少。

感恩，我们在这里遇见。

感谢，一路有你的陪伴。

评论

寻找回来的记忆

——简评《喵豆与叶子》

/ 萧星寒

记忆对于一个人的重要性不言而喻。那么猫呢？《喵豆与叶子》的开篇，一只叫喵豆的宠物机器猫失去了记忆，不记得自己从哪里来，忘记了自己的主人是谁。一个叫邱叶的女孩子无意中捡到了喵豆，而叶子同样失去了人生中最关键的那一段记忆。于是，一人一猫，在吵吵闹闹中一起踏上了寻找各自记忆的旅程。

随着他们的脚步，读者也对这个世界有了全面和全新的认识。

喵豆与叶子从渠城出发，中途去了碧海，终点是内城。渠城、碧海、内城构成一个三角形，中间是难以逾越的茫茫戈壁。

“渠城阴冷、灰暗、死寂、冷漠、毫无希望，人们日复一日地挣扎在温饱的边缘”，而“内城阳光明媚、生机盎然、充满活力，人们永远都在探索和思考未来”，似乎是两个极端，一个是地狱，一个是天堂。

生活在渠城的人把进入内城生活，作为自己的终生目标。而考试，是从渠城进入内城的捷径。

然而，随着故事的进展，渠城与内城之间的更多秘密被揭示出来。作者明明白白地告诉喵豆与叶子以及正在读这篇小说的你：无论生活在哪里，渠城也好，内城也好，都不是件容易的事情。哪都有梦想，哪都有野心，哪都有光明与黑暗，底层互撕与豪门恩怨在本质上无异。渠城不值得留恋,内城不值得追求。它们和现实世界一样,是地狱和天堂的混合体。

碧海顶着海的名头,却不是海,而是一个内陆湖。碧海风景优美,日出日落尤甚,却只有一位胡子拉碴的大叔每天欣赏。因为渠城是内城的垃圾场,而碧海则是渠城的垃圾场——连专业处理垃圾的渠城也处理不了的垃圾,最终流向了碧海。可以讲,碧海承接了故事世界所有的恶意。

碧海是叶子母亲当年企图轻生的地方,是叶子父亲救下母亲的地方,是这个故事的起点,也是父母双双死于车祸后,叶子想去又不敢去还去不了的地方。那里,隐藏了太多的秘密。

那场已经被叶子忘记的车祸,总在车祸唯一的幸存者叶子的噩梦里,一点一滴地渗漏出残酷的真相:当时父母正在闹离婚,而车祸,很有可能是父亲故意制造的。

叶子就如碧海，小小年纪，承接了世界所有的恶意。

叶子能怎么办？

幸好有喵豆。

可以说，《喵豆与叶子》是一部治愈系的暗黑科幻童话。作者全篇都是以喵豆的视角来讲故事，每次看到这只碎嘴的宠物猫心思百转，给自己找台阶下；每次看到它不情不愿地平躺任撸，又迅速沉浸于被撸的愉悦之中；每次看到它“依惯例正襟危坐，面带迷之微笑，招财猫似的挥挥手，配上宏伟的《命运交响曲》，嘴里说道：‘人类你好，本喵是独立自主高大英武炯炯有神人见人爱花见花开的侠客喵，很高兴认识你。’”……都令人忍俊不禁。

一人一猫的寻找记忆之旅，既有宫崎骏画笔下的绝美景致，令人陶醉；也有伊藤润二画笔下的诡谲梦境，令人胆寒。喵豆的存在，是绝美景致的亮点，也是诡谲梦境的解药。相信看过《喵豆与叶子》的读者，都想要拥有这样一只宠物猫！

认识世界是第一步，第二步更为深入，即认识自己。古希腊哲学家苏格拉底以德尔菲神庙的铭文“认识你自己”为座右铭，足以说明认识自己的困难程度。

喵豆曾经的主人小乙想让喵豆做他的朋友，而喵豆则固执地认为，自己是一只宠物猫，需要的是主人。小乙病逝前，删去了喵豆的记忆，给了喵豆重新认识自己的机会。

叶子在脑海最深处一直认为，害死父母的那个人是她自己。父母闹离婚，是因为在教育叶子的问题上，两个人发生了激烈的、不可调和的冲突——从内城堕落到渠城的母亲一门心思想要女儿考回内城，而在渠城长大的父亲则认为当下的快乐更重要。要是没有自己,父母是不是就不会死呢?在与喵豆相遇后,叶子终于鼓足勇气去拼凑隐秘的过往,去寻找丢失的记忆,去重新认识世界,认识自己。

这是一趟注定艰难的旅程,真相往往是残酷的。

人生五味,酸甜苦辣咸,原本样样都有。所谓记忆,也就是铭刻在神经元上的这些体验与感受。诚然,人人都想牢记其中甜蜜美好温馨的部分,忘记苦涩丑陋黑暗的部分。然而,想记住的,就不会遗忘吗?想忘记的,就能不再记起吗?

当那些深藏的秘密、那些残酷的往事被一一揭开,记忆渐次复苏,阵阵难以言喻的伤痛随之而来,喵豆也好,叶子也好,会不会后悔当初踏出追忆之旅的第一步呢?作者没有写,从喵豆与叶子的表现来看,他们或许后悔过,但终究认识到:

往事虽然残酷，却是他们来到这个世界的前提，是他们生命历程的一个阶段，是他们之所以成为他们的重要原因。

残酷的往事里，夹杂着小乙对喵豆的爱，以及父母对叶子不同形式的爱。正因如此，叶子不会长成她那一意孤行的母亲，不会长成冷酷无情的家族老太太，也不会长成处心积虑只为复仇的董小姐，开启第二季豪门恩怨与底层互撕交织的残酷剧情。

所以，《喵豆与叶子》这部小说，看似是讲寻找记忆，实际上是在寻找“爱”。在爱里，才能原谅所有的不堪，照亮所有的黑暗，与世界和解，然后带着希望勇敢地活下去。在小说的结尾，喵豆认了叶子这个朋友，叶子走出了往事的阴霾，并且把去看真正的大海当成新的目标。这大海，就是活下去的希望。

作者想说的其实是:我们,无论生在哪里,活在哪里,总要向往光明,因为只要有希望,就有明天!

《喵豆与叶子》的作者顾备是著名的翻译家,翻译过《沙丘》《基地与帝国》《进入盛夏之门》《少数派报告》《地光》《星》以及《超验机》等作品。开始科幻创作后,她大胆追求多变风格,力争每一篇作品从主题到故事都有新的特色与突破。《觉醒》的绮丽与纠缠,《现场》的惨烈与沉重,《迷雾森林》的温馨与柔美,《被编辑的双生》的疾恶与深思,《阳夏纪元》的现实与空想,都可圈可点,值得关注。

期待顾备写出更多更好的科幻作品。

一只被遗弃的宠物机器猫，伴随着一个失语的拾荒少女，打开了她尘封的记忆，最终发现所有的痛苦都来自于原生家庭的秘密。这种看似纠结的陪伴，引导着她们彼此救赎。作者独有的细腻文笔结合了幽默的对话、传神的人物、曲折的情节，讲述了一个关于爱、原谅和救赎的故事。

——科幻作家　王晋康

《喵豆与叶子》用轻松活泼的语调讲述了一个悲伤的故事。绝望中的孩子以冷漠武装自己，保护脆弱的内心。一只机器猫如何才能解开她的心结，同时也解开自己失忆的秘密？小说以轻快的节奏，带给读者一个颇有寓意的故事。

——科幻作家　江波

《喵豆与叶子》是作者用奇思妙想构建出的幻想世界，惊险的情节与错综复杂的人物关系引人入胜。它从孩子们的视角出发，重新解读这个世界，意在激励那些身处困境而忧伤和迷茫的人相信自己，相信这个世界。

——少儿科普科幻作家　陆杨

手账

来源于日本，标准写法为『手帐』（手帐 てちょう），指用于记事的书页